QR CODE

제 목 : 이루지 못한
           사랑 이야기
시 인 : 박순애
시낭송 : 박영애

제 목 : 첫눈 내리던 날
시 인 : 박영애
시낭송 : 김락호

제 목 : 눈꽃 사랑
시 인 : 박외도
시낭송 : 박순애

제 목 : 사랑아
시 인 : 박진표
시낭송 : 박태임

제 목 : 오월 예찬
시 인 : 박희자
시낭송 : 최명자

제 목 : 꽃무릇
시 인 : 박희홍
시낭송 : 박영애

제 목 : 소박한 사랑
시 인 : 백설부
시낭송 : 김지원

제 목 : 그리운 어머니
시 인 : 성경자
시낭송 : 최명자

제 목 : 사랑이 간다
시 인 : 안선희
시낭송 : 박태임

제 목 : 물결 타고
           온 사랑
시 인 : 오석주
시낭송 : 박순애

제 목 : 조각난 사랑
시 인 : 오승한
시낭송 : 박영애

제 목 : 낙타
시 인 : 유석희
시낭송 : 김지원

제 목 : 부부
시 인 : 윤춘순
시낭송 : 박순애

제 목 : 풀빛 인연
시 인 : 이광섭
시낭송 : 박태임

제 목 : 봄과 여심
시 인 : 이민숙
시낭송 : 김락호

제 목 : 우표 없는 편지
시 인 : 이서연
시낭송 : 박영애

♪ 시낭송 QR 코드는 스마트폰 QR 코드 리더기를
이용하여 시낭송을 감상할 수 있습니다.

QR CODE

제 목 : 보고 싶은 그대
시 인 : 이옥순
시낭송 : 최명자

제 목 : 꿈길
시 인 : 이은석
시낭송 : 김지원

제 목 : 묻고
　　　싶었습니다
시 인 : 임미숙
시낭송 : 박순애

제 목 : 그대의 향기
시 인 : 임재화
시낭송 : 박태임

제 목 : 그리운 날
시 인 : 장계숙
시낭송 : 최명자

제 목 : 망부가
시 인 : 장병태
시낭송 : 박영애

제 목 : 풀꽃
시 인 : 정상화
시낭송 : 김지원

제 목 : 사랑의 비상구
시 인 : 정찬경
시낭송 : 박순애

제 목 : 그대와 인연
시 인 : 정찬열
시낭송 : 박태임

제 목 : 내 사랑 진달래
시 인 : 조미경
시낭송 : 최명자

제 목 : 눈물 젖은 편지
시 인 : 천준집
시낭송 : 박영애

제 목 : 그대 있기에
시 인 : 최우서
시낭송 : 최명자

제 목 : 보고 싶은 얼굴
시 인 : 최윤희
시낭송 : 김지원

제 목 : 꽃 중의 꽃
시 인 : 최정원
시낭송 : 박순애

제 목 : 비련
시 인 : 홍성길
시낭송 : 박태임

제 목 : 어쩔 수 없이
시 인 : 홍진숙
시낭송 : 최명자

제 목 : 가을밤
시 인 : 황유성
시낭송 : 김락호

2018 명인명시
특선시인선
시낭송 모음 CD1

2018 명인명시
특선시인선
시낭송 모음 CD2

♪ 시낭송 QR 코드는 스마트폰 QR 코드 리더기를
이용하여 시낭송을 감상할 수 있습니다.

2018 명인명시 특선시인선 "시가 사랑을 만나면"

"현대시를 대표하는 명인명시 특선시인선"이라는 제호로 매년 발행하는 작품집은 많은 의미를 담고 있는 책이다. 도서출판 "시음사"에서 가장 큰 비중을 가지고 매년 발행하고 있다. 2003년 처음 〈인터넷에 꽃피운 사랑시〉라는 제호로 시작하여 지금에 이르렀다. 그동안 정말 좋은 작품만을 선정하여 수록한다고 했지만, 때에 따라서는 조금 미달하는 작품이 수록된다는 의견도 나온 것이 현실이다. 이는 그 작품을 보는 사람의 시각에 따라 다른 느낌을 주기 때문이 아닐까 한다.

이번 14번째 "명인명시 특선시인선"에서는 처음 〈인터넷에 꽃피운 사랑시〉를 발행할 때의 취지를 살리기 위해서 사랑 시를 주제로 한 작품을 우선 선정했다. 너무 무겁고 시가 어렵다는 의견과 누구나 공감하면서 쉽게 읽을 수 있는 작품집이 한 번쯤 나와도 좋겠다는 의견에 따라 〈시가 사랑을 만나면〉이란 부제로 48명의 시인을 선정하여 작품 10편 정도를 수록하게 되었다.

또한, 이번 "명인명시 특선시인선"에서는 시인의 대표작품 중 한 편을 선정해 전문 시낭송가 들이 정성을 들여 시를 낭송하고 멋진 영상으로 꾸민 작품을 휴대전화기만 있으면 어디서든 볼 수 있고 들을 수 있다. 책에는 부록으로 선정 시인의 대표작품 시낭송음반 CD No.1, CD No.2 두 장이 들었다. "명인명시 특선시인선"을 통하여 2018년이 기대되는 시인48인의 인지도가 조금 더 높아지고 독자에게 한 걸음 더 다가갈 수 있는 기회가 되길 바라며, 독자는 이 한권의 작품집을 통해 현대시의 흐름을 볼 수 있는 기회가 되었으면 한다.

사단법인 창작문학예술인협의회 이사장 김락호

名人名詩

가나다순 수록

시인 **강사랑** 편

🎵 시낭송 QR 코드

제 목 : 빛바랜 시간
시낭송 : 박영애

강사랑 시집
"겨울등대"

프로필

대한문학세계 시 부문 등단
(사)창작문학예술인협의회 회원
대한문인협회 경기지회 정회원

금주의 시 선정
한국문학 발전상
한 줄 시 짓기 전국 공모전 대상
순우리말 글짓기 전국 공모전 장려상
대한문인협회 이달의 시인 선정
대한문인협회 경기지회 동인문집 "햇살 드는 창"
개인저서 "겨울등대" 출간
명인명시 특선시인선 선정
낭송시 / 우수작 다수 선정

연정 / 강사랑

4월에 피는 여린 잎새는
꽃보다 아름다운 연둣빛 물오름이다.

풋사랑의 촉촉한 입술의 느낌으로
상큼한 연애를 한다.

사랑하면서도
사랑을 그리워하는 것은
봄 안에 떨림이 되는
연두의 미소가 있기 때문이다.

봄 햇살이 머무는 정오에
4월의 실루엣을 바라보면
아직은 솜털이 몽글몽글하고
젖살이 오동통한 그녀에게 빠지고 만다.

강사랑 시인

나무의 꿈 / 강사랑

바람이 오고 햇살이 다녀간 사이
나무 물관에는 벌써 봄이 자리한다.

뼛속까지 시렸던 어제를 잊고
겨울나무는 봄에게 집중할 때
열정은 하늘을 열고
잃었던 청춘은 엷게 나이테를 그린다.

꽃이 피는 것은
봄이 주는 선물이다.

봄은 마른 나뭇가지마다
반짝이는 별을 선물하고
잎이 없는 뿌리에게
귓속말로 사랑을 속삭인다.

나무의 꿈은 봄이다.
산이 되어보리란 마음으로
먼 길 찾아온 계절을 품는다.

너는 나무다.
꿈이 있는 나무이기에 봄이 희망이다.

이브닝 커피 / 강사랑

밤에 잠 못 이루게 하는 게
바로 당신이었습니다.

불면증 같은 하얀 밤
이리저리 뒤척이다가
잠에서 깨어 노란 스탠드 불 밝힙니다.

적막을 깨는 벽시계의 초침은
이 밤을 이브닝 커피잔에 채우고 있습니다.

노을이 물들어갈 때
당신은 나를 유혹합니다.

그윽한 향기, 따스한 숨, 까만 눈동자
휴식을 함께 하자는 그 말을 해 놓고
덩그러니 이브닝 커피잔만
탁자 위 홀로 외로이 밤을 지새웁니다.

한 남자가 한 여자와 같은 시간을 함께할 수 있는
사랑입니다.

사랑은 이런 건가 봅니다.
밤에 잠 못 이루게 하는 이브닝 커피 같은 거

강사랑 시인

머물다간 자리 / 강사랑

그 자리에선 갖가지 향기가 난다.

꽃향기 같기도 하고, 과일 향기 같은
그리고 너와 입맞춤에 녹아 난
어제의 흔적은 또다시 오늘을 살게 한다.

홍일점 / 강사랑

나는 사랑을 보았네
덥던 여름 어느 날 담장을 지나면서
흔들리는 바람이 능소화에 머무는 것을

다소곳이 고운 자태로 피어있는
다홍빛 능소화야
울지마라
붉은 가슴으로 오지 않을 임
기다리다 지쳐 꽃이 된다 하여도
원망하지 않으련다

사무치는 그리움
소리 없는 몸짓은
날 좀 봐주오 하며
지나가는 행인의 발목만 잡는다

곧은 성품의 꿋꿋한 가지마다
너울너울 넝쿨로 휘감는 능소화는
한여름 초록 물결의 홍일점이다.

강사랑 시인

빛바랜 시간 / 강사랑

비가 내려 여름 풍경이 수채화 같은 날
그대는 커다란 우산 하나 들고
나를 마중 나왔다.

웃음을 한가득 안고서
그저 해맑게 웃는 그 엷은 미소는
빗방울에 스미어 풀잎에 반짝거렸다.

조금은 어린 날
벌써 빛바랜 시간으로
사진첩에 끼워져 그리움 가득한데
그때 기차 소리만 아직도 여전하다.

참 좋은 날이었고
웃음이 많은 날이었다
빛바랜 시간이 추억을 걸으며
오늘 이 시간을 갉아먹고
또 갈색 시간을 통통히 살찌운다.

희미해진 시간의 바램
커피 향기가 그를 닮아 창가의 흐르는 빗물에
마음 촉촉이 적신다.

방황 / 강사랑

갈 곳 몰라 헤매다가
이유 없이 홀로 있다는 마음 하나는
외로움이다.

풀 한 포기 없는 바람 차가운 겨울에
꽃이 보고 싶어 내 마음 더욱
애처롭게 떠돈다.

초록빛 가득할 때
피어난 개망초 한 아름

사랑한다는 그 한마디도 못 하고
방황하는 외로움이
쓸쓸히 노을에 젖으며 조용히
사랑을 부른다.

내가 왜 방황하는가!
그건 단지
외로움에 발이 달린 사람인 이유이다.

강사랑 시인

당신은 나의 초록 등 / 강사랑

"남들은 다 자유가 좋다지만
나는 복종을 좋아하여요"

내가 존경하는 시인 한용운의
"복종"입니다

내가 복종하고 싶은 당신
그냥 당신이 좋습니다.

당신과 함께할 때
내 모든 거
다 주고 싶은 마음입니다.

수레국화 가득한 당신 왕궁에는
보랏빛 향기 미소를 머금고
태양을 바라보며 별을 요리하는
시인이 살고 있습니다.

시인은 황제를 위해 노래하고
황제의 발을 씻기며
황제의 고독을 쓸어내립니다.

나의 황제 당신과 함께 라면
거센 폭풍이 몰아쳐도 이겨 낼 수 있습니다.

종이비행기 / 강사랑

저 파란 하늘을 날 수 있을까?
소년은 그 깊은 하늘 속으로 빠져든다.
분명 하늘은 날았다.
그 소년이 날고 있었다.
그 조그마한 종이비행기에 꿈을 키우며
라이트 형제를 보았고
어린 왕자가 다닌 행성을 여행했다.

한 장의 종이로
유년시절 마음을 접고 또 접어서
친구와 동화를 만들고
첫사랑을 전하기도 하였다.

날아라, 날아라 종이비행기
종이비행기 날아간 자리에
소년의 웃음이 커지고 꽃이 핀다.

강사랑 시인

12월의 인사 / 강사랑

마음 따뜻해지는 명작을 보는 것 같은 그대여
라일락 향기처럼 흐르는 그대여
땀 흘린 후 먹는 그 맛에 최고 미각을 흔들며
새털처럼 보드랍고 아기 볼처럼 부드러운 느낌
아침 종달새 노래처럼 맑은 목소리는
내가 듣는 그대의 소리다.

오감을 다 느끼게 하는
12월 겨울 아침 햇살에
오늘도 내 마음 따뜻하다.

12월엔 어느 때보다도
용서하고 배려하는 마음이다.
내 친구에게   창문을 열고 어둠을 지워내는
내 이웃에게   하얀 눈꽃 송이로 일 년 동안의
내 부모에게   수고로움과 아쉬움을 담으며
내 아이들에게   어제의 아픈 젊음을 아낌없이 다독여준다.

또 떠오르는 새해에 안녕을 소원하며
12월 잔을 부딪친다.
뜨거운 내일의 태양 아래서
올 한 해도 당신 수고하셨습니다.

시인 강순옥 편

🎵 시낭송 QR 코드
제 목 : 가을이 참 좋다
시낭송 : 김지원

시작노트

언제나 설레게 한 봄빛 추억들 책 보자기 골 망태 어깨 메고 들 옛길에 누나야 꽃이 진다. 언니야 단풍잎 곱게 물들어 간다. 가을 지나 곳간 가득 채운 사랑채 쇠죽 쑨 아궁이에 군고구마 구워 꺼내오신 아버지 모습이 그려집니다.

길을 걷다 고운 낙엽 주워 책갈피에 곱게 넣어 간직하듯이 "대한문인협회 명인명시 특선시인선 "응모" 욕심인 줄 알면서 두드렸습니다. "2018년도 "대한문인협회 명인명시 특선시인선에 최종 선정 되었음을 축하드립니다" 기쁜 소식이 사랑 택배가 아닐까요. "처음엔 꿈인 줄 알았습니다." "대한문인협회 김락호 이사장님, 심사 숙고하신 임직원님들 그간 수고하셨습니다. 진심으로 감사드립니다.

"터져 나오는 웃음으로 헛꽃이라도 심어야겠다. 비밀 /글 중처럼 터져 나오는 웃음으로 간직하게 되어 기쁩니다. 벌써 한해 끝자락에 와 있습니다. 그간 수고 많으셨습니다.

고향 집 굴뚝 연기 피어오르듯 따뜻한 사랑 나눌 수 있는 가슴 지니도록 노력하겠습니다. 대한문인협회에서 겸손과 긍지 그리고 자부심으로 글을 쓸 수 있어 행복합니다. 김락호 이사장님과 심사위원님들 다시 한번 감사드리며 대한문인협회 무궁한 발전과 성장을 확신해 봅니다. 감사합니다. 고맙습니다. 사랑합니다.

강순옥 시인

사랑 / 강순옥

씻어도
씻어도
씻어지지 않고

지워도
지워도
지워지지 않는 것은

이미
가슴속 깊이
새겨져 있다.

가을이 참 좋다 / 강순옥

뜨락에 곱게 내려
말을 건네온 가을의
숨결 소리가 참 좋다

바스락바스락
꽃잎 길 찾은 그리움이
하늘 뜻 옴이 참 좋다

허전한 마음 채워주는
꽃잎 향기 추억들이
알알이 맺어 오곡백과
손길 바빠도 참 좋다

누가 이 가을을
가져다 놓았을까
마른 꽃잎에 웃음 쏟아낸다.

강순옥 시인

낙엽 / 강순옥

푸른 은행잎 사이
햇살과 바람이
지나간 것뿐인데

은행잎 저토록 노랗게
눈부시도록 물들어
눈부시다.

나도 한번
햇살과 바람 쪼이며
벤치에 앉아 봤다.

웬걸,
차가운 바람에
고향집 추억만
눈 시리도록 보고파졌다.

추석 / 강순옥

딩동!
오가는 정이
초인종 울릴 때마다
송편 한 접시 들어온다

스마트폰
카톡 부를 때마다
중추가절 덕담이
소복소복 한가위 덤 쌓인다

영혼의 기쁨 채워가는
황금 들녘 익히는 햇살처럼

이웃과 오가는 정담이
보름달 소원인가 보다.

강순옥 시인

소피아 풍금 / 강순옥

난!
그녀를 한 번도
만난 적이 없다

그냥!
그녀가 놓은
글 속에 안겨 울고 싶다

사랑인지 그리움인지
외로움인지 모른다

그냥! 내 안이 아파서

마음 열어 놓아도 좋을
그녀에게 들리게끔 울고 싶다

마음이 아주 슬픈 날에.

그랬으면 좋겠다 / 강순옥

딱 한 번만
보고 싶은 사랑을
만날 수 있었으면 좋겠다

푸르른 잎새
단풍 옷 갈아입기 전에
꽃잎 이슬 털린 서려움 날들이
우수수 바람 물결치듯 일렁인다

하늘아 구름 아래
수많은 별 중에
딱 한 번만 그 사람을
만날 수 있었으면 좋겠다

마른 꽃 가슴에 깊이 고여
눈물로 닦아 낼 수가 없어
그리움이 보름달처럼 살찌운 날

가온 누림 늘 봄처럼
딱 한 번만 그 사람을
만날 수 있었으면 좋겠다.

강순옥 시인

사랑의 힘 / 강순옥

그리움이
요동을 칠 때

잔잔한
물결을 보리라

그 물결마저
요동치거든

마음속
임을 꺼내 보리라.

사랑 택배 / 강순옥

작은 새 한 마리
무엇 하고 있을까

시간 내어 가 봐야겠다.

밥은 먹고 있는지
잠은 자고 있는지
낮달은 보고 있는지
혼자 눈물 흘리고 있지는 않은지

바람의 향기 웃음꽃 한 다발
그리움 안고 가 봐야겠다.

이 밤새우기 전에
도착할 수 있도록.

강순옥 시인

누나야 꽃이 진다 / 강순옥

언제나 설레게 한 봄빛 추억
책보자기 골 망태 어깨 메고
들 옛길에 뛰놀던 예쁜 사슴들

그리움이 찻잔 위에 찰랑찰랑
젊은 날 두드린 숨결 아름다이
파도 타는 뉘앙스 불러 노래한다.

울타리 안 노랑 양푼 버무린 동심
풋풋한 잔솔가지 솔밭 그리움 향기
보고파 흐노니 달빛 버무린다.

꿈이 자라 빈 가슴 도랑이에도
소소리바람 온몸 가득 채워 적시어준다
재잘거리는 맑은 하늘빛 곱게 피던 날.

자연은 / 강순옥

우리의 친구다

꽃은 아기 닮은 눈망울로
오소서 이슬 한 아름 안고
송골송골 맺힌 미소로 부른다.

가까이 가면 갈수록
방실방실 꽃잎 햇살 입어
사뿐히 나를 끌어당겨 앉힌다.

하늘하늘 속삭임은 풍경마다
바람 향기 잎새에 올려놓고
내 마음 설레게 한다.

맑게 피어라 진한 향기 품어
삶 속에 저 하늘빛 쏟은 별빛처럼
풀벌레 노래하듯 꽃의 말이 들린다.

여기 있으라 가슴속 깊이 들어와

향유 뿜은 뼈저린 외로운 산
어둠 속 혼자가 아닌 눈빛 나래 치며
꽃잎 손닿을 듯 가까이 그 품에 안긴다.

시인 **구분옥 편**

♪ 시낭송 QR 코드
제 목 : 네가 그리운 날엔
시낭송 : 김락호

프로필

경북 영천 출생
강원도 횡성 거주
대한문학세계 시 부문 등단
대한문인협회 강원지회 홍보부장
2016 올해 시인상 수상
대한문인협회 금주의 시 선정

2017.1.3. 백대명산 완주증
2013. 농림축산 식품 장관상 표창
2013. 농업 진흥청장 표창
2012. 한국농어촌공사 본부장 표창패
2016, 2005 강원도지사 표창

네가 그리운 날엔 / 구분옥

바람 부는 날은
문득 네가 생각나고
밤비 내리는 날엔
내 안에 너를 불러 본다.

찻잔 앞에서
기억 속에 너를 토해내고
빈 잔 앞에서
내 마음속에 있는 너를 찾는다.

부는 갈바람에
널 날려 보내질 못하고
내리는 비에
널 지워버리질 못하고

바람 소리에
내가 이리 흔들리고
비 오는 소리에
내가 이리 애타게 널 찾는데

찻잔에 비친
네 모습에 웃지도 못하고
빈 잔에 남은
네 기억에 울지도 못하고

괜찮아질 거라고
바람이 속삭이듯 불어온다.

좋은 날 올 거라고
밤비는 토닥이듯 내려온다.

구분옥 시인

가을이 가기 전에 / 구분옥

눈을 뜨고
하루 종종걸음 하다 보면
어느새 어둠이 내립니다

하루 일상이 그렇고
깊어가는 가을이 그렇고
숨 가쁜 내 마음이 그렇습니다

아무리 태연 한 척 해보지만
단풍잎이 짙게 물들어 한 잎 두 잎
갈바람에 툭툭 떨어집니다

떨어지는 단풍잎 수 만큼이나
가을은 그렇게, 그렇게 익어가고
내 마음도 조금씩 성숙해 가겠지요

이 가을 가기 전에
낙엽이 다 떨어지기 전에
꼭 한번 그대를 만나고 싶습니다.

부탁이요 / 구분옥

당신 이제부터라도
몸 생각 좀 하소

날마다 청춘인 줄 아오
젊다고 과시 마소　　　　자신만만하던 건강도
　　　　　　　　　　　사랑하는 사람도

저 앞산에 단풍 좀 보소
떨어지는 단풍잎 말이오　　다 잃고 떠나고
　　　　　　　　　　　그때 눈물 흘리며

보이지 않소　　　　　　통곡한들 무슨 소용 있겠소
너무 빡빡하게 살지 마소

　　　　　　　　　　　지금이라도
당신이 무슨 쇳덩어리요　한 번 뒤돌아보오
하루를 백날같이 사니　어디까지 왔는지

참　　　　　　　　　　어디로 가야 하는지
큰일이요 그려　　　　　앞만 보지 말고

앞도 보고 옆도 보시구려　당신 자신을 한번
좋은 것만 있는 줄 아시오　꼼꼼히 보시구려

너무 무리하면　　　　　꼭
모든 것 다 잃소　　　　부탁이요

구분옥 시인

지금 / 구분옥

네가 그리워서
네가 보고 싶어서
장독대로 나가
하늘을 쳐다보았지

너의 별
나의 별
다정하게 속삭이며
아름답게 반짝이고 있더라

어디에 살든
어디에 있든
너와 나는
운명 같은 인연인가 봐

산에 가도 네가 있고
바다에 가도 네가 있고
길 걸을 때도 함께 하고
예쁜 꽃을 봐도 네가 보여

지척에 두고
서로 그리워서
서로 보고파서
더 이상 가슴앓이하지 말자

네가 올래
내가 갈까
망설이지 말고
당장 만나자

풀꽃 사랑 / 구분옥

새까맣게
타들어 가던 대지
사랑의 물로 피워낸
앙증맞은 풀꽃

배시시 내민 여린 몸짓
누굴 기다리는지
옹알옹알 옹알이한다

지나던 여우비
꽃바람 타고 솔솔
풀잎에 다소 곳이 내려앉아
소곤소곤 연애 중이다

장독대 돌담 정원
팡팡 투두 툭 툭
꽃봉오리 터지는 소리
봄이 오는 소리
내 안에 그대도 들릴까?

구분옥 시인

고백 / 구분옥

수많은 인연 중에
만난 당신과 나
사랑하며 살아온 날들보다
아등바등 티격태격
몹쓸 자존심
팽팽한 줄다리기로
보이지 않은 전쟁 같은 삶
참 아프고 아팠습니다

그럴 때마다
허공에다 크게 소리 질러 대고
다시 둥지를 찾아
돌아오곤 하였지요

그 누구 때문이 아닙니다
오로지 나 자신만을 위하여
내가 우스워질까 봐
꼭 잡고 있던 자존심
무너지고 끊어질까 봐
안간힘을 썼던 것입니다

개도 안 물어갈 자존심
촉각 세우며 흠집도 많이 냈지요
겉으로 난 상처만 상처가 아닙니다
보이지 않는 오장 육 보에
겹겹이 쌓인 상흔
인제야 보이고 보입니다

마음을 비우니 보입니다
욕심을 버리니 보입니다
당신의 따뜻한 사랑
당신의 따뜻한 배려
묵은지처럼 잘 숙성되고
버무려진 당신 마음

그런 당신을 사랑합니다
그런 당신을 존경합니다
그런 당신과 동행합니다

해바라기 사랑 / 구분옥

사랑은
남몰래 왔다
살짝이 가나 봅니다

이슬처럼 짧고
떠도는 바람처럼

그냥
마음만 적시고
빈 가슴 흔들어 놓고

쓰라린 이별
지워지지 않는 상처
아픔만 남긴 채

해가 뜨면
흔적없이
가버린 사랑

오늘 또
그 사랑 기다리다
하얀 가슴 숯덩이처럼
새까맣게 태웁니다

구분옥 시인

늦기전에 / 구분옥

아무리 사랑하는 사람도
눈에서 멀어지면
마음에서 멀어지는 법이다

잊지 않으려
지난 추억을 더듬어 보지만
그것도 잠시 잠깐이다

짧고 짧은 우리 인생사
바쁘다는 핑계로
마음에 문을 잠그지 말자

돌아서서 그리움에
눈물 흘리지 말고
누구라도 먼저 다가가자

오늘은 내가 먼저
널 만나러 가야지
네가 좋아하는 꽃 한 아름 안고서

내게 단 한 사람 / 구분옥

그 사람
까만 밤 밀치고
새벽이면
내게로 오는 사람

때론
지친 삶에
웃음꽃을 피우는
삐에로 같은 사람

늘 웃고 있지만
웃음 뒤에 감춰진
분화구처럼
뿜어내는 열정

마음껏 풀어내는 끼
신들린 사람처럼
써 내려 가는
시어들 속에

그 사람 인생이 보인다
그 사람 삶이 보인다
그 사람 마음이 보인다
그래서 내 가슴이 시리다.

구분옥 시인

별 그리고 그대 / 구분옥

언제나 어둠 따라 왔다
새벽이면 돌아가던 그대

구름 뒤에 숨어
조용히 훌쩍이다 간다

초롱초롱한 눈빛은
나를 슬프게 한다

가을이다

햇살은 세상을 돌고 돌며
열기를 뿌리느라 바쁘다

맑음 뒤에서
지금도 나를 내려다
보고 있을 그대

갈바람 타고
멀리 가을 마중 갈까나
지금

시인 **국순정** 편

♣ 목차

1. 그대라는 꽃
2. 아름다운 세상
3. 그대가 그립습니다
4. 파라다이스의 추억
5. 나였으면 좋겠습니다.
6. 가을날의 독백
7. 꽃처럼 살고파라
8. 그래도 살아봅시다.
9. 하얀 미소
10. 포도주 같은 꿈

🎵 시낭송 QR 코드

제 목 : 그대가 그립습니다
시낭송 : 박영애

국순정 시집
"숨 같은 사람"

프로필

경기 안산 거주
대한문학세계 시 부문 등단
(사)창작문학예술인협의회 회원
대한문인협회 경기지회 정회원
대한창작문예대학 6기 졸업
문예창작 지도자 자격 취득
대한창작문예대학 졸업 작품
                  경연대회 장려상
2016 우리말 글짓기 공모전 장려상
2016 특별초대 시 자연에 걸리다 작품선정
2017 특별초대 시 자연에 걸리다 작품선정
2016년 5월 3주 금주의 시 선정
            대한문인협회 《조가비의 전설》
2017년 10월 1주 금주의 시 선정
            《가을날의 독백》
2017년 1월 2주 좋은시 선정 《봄 봄 봄》

〈공저〉
동반의 여정
      (제6기 대한창작문예대학 졸업 작품집)
햇살 드는 창
      (대한문인협회 경기지회 동인문집)
2017년 2018년 현대시를 대표하는
            명인명시 특선시인선 선정

〈개인 저서〉
시집 《숨 같은 사람》

국순정 시인

그대라는 꽃 / 국순정

앙상하던 가지
검붉은 꽃망울에 그대 떠나던 날
숨통 끊어지던 그 아픔 고스란히 담겨
꾹꾹 눌러 감싸놓은 내 아픔
한 겹 열고 또 한 겹 열어
그대라는 꽃이 핀다.

백 년 지나도 붉은 치마
너울대고 피어날 터인데
첫사랑 꽃이 또 피어난다.

사무치는 그리움
부르지 못해 애타던
수많은 까만 밤이 나를 외면했고
닫힌 가슴과 꽉 다문 입술이
침묵을 지켜야 할 때
가슴속 심장의 눈물은
더 뜨거워야 했다.

피맺힌 꽃망울
내 가슴속에 못으로 박혀
기나긴 여정을 함께 하자며
봄이면 꽃인 양 피어나는
그대라는 꽃.

아름다운 세상 / 국순정

이 만큼 살아보니
하루가 참 빠르게 지납니다.

한때 가장 아름다운 시절이 있었고
세월 흐른 뒤
또 오늘을
참 좋은 시절이라 아쉬워하겠지요.

어느 날 살아온 세월
돌아볼 겨를도 없이 살다가
문득 거울 앞에 서서

"그래 웃는 거야
그냥 웃으며 사는 게지"

거울 속 그녀의 웃음이
왠지 어색함에 짠해 보이던 그때
지난날 옛사랑이
거울 속에서 말없이 웃어 주더군요.

어딘가에서 세월 다 등에 지고
갈대숲에 바람처럼 살고 있을 "그"
그런 추억 하나 가지고 산다는 것!

오늘도 그저 그렇게
붉은 낙엽으로 하루가 지나지만
그 한 사람 때문에
참 아름다운 세상에 삽니다.

국순정 시인

그대가 그립습니다 / 국순정

이렇게 스산한 바람이 불고
단풍잎 빨갛게 추억으로 물들면
그대가 그립습니다.

살갗으로 스미는 바람이
그대 모습 차갑게 몰고 와도
그대가 눈물 나게 그립습니다.

어느 날 홀연히
아픈 상처 하나 남기고
말없이 떠나버린 그대가
미치도록 그립습니다.

남겨진 상처보다
사랑으로 켜켜이 쌓인 기억이 너무 많아
그대가 아프게 그립습니다.

오늘 이렇게
그리움에 허우적대고
내일 또 늪처럼 빠져들고 말겠지만
그대가 참 그립습니다.

파라다이스의 추억 / 국순정

봄 햇살만큼 따뜻했던 사람
잊혀지지 않은 이름으로
숨 쉬고 있는 멍에

초록이 우거진 호숫가를
두 손 꼭 잡고 걸으며
행복한 미소도 짓고
콧노래도 불렀지요

요정들이 날아다닐 듯 별천지였고
모든 사람이 복사꽃처럼
행복한 얼굴이었어요

사랑이 꽃물처럼 배어 있을
추억 속 파라다이스는
이름마저 지워지고
빈 가슴에 허망한 바람만 지날 뿐

마음 한쪽 아련한 그리움이
못다 한 이야기로
쪽빛 호수에 흔적으로 남아
나를 반기듯 물안개를 올립니다.

국순정 시인

나였으면 좋겠습니다. / 국순정

곱게 물드는 단풍잎을 보고
불현듯 생각나는 사람이
나였으면 좋겠습니다.

떨어져 뒹구는 낙엽을 보며
문득 그리운 얼굴이
나였으면 좋겠습니다.

철 지난 연꽃 속에
남아있는 애정 하나로
가슴 벅참을 느끼는 그 순간에도
보고픈 사람이
나였으면 좋겠습니다.

하늘하늘 피어나는 코스모스를 보고
살짝이 미소를 지으며
떠오르는 이름이
나였으면 좋겠습니다.

삶이 버거울 때
진한 커피 향기에
뜨겁게 피어나는 사랑으로
위로가 되어주는 사람도
나였으면 좋겠습니다.

마지막 가는 삶의 뒤안길에서
따뜻이 두 손 잡고
함께 가고픈 사람도
바로 나였으면 좋겠습니다.

가을날의 독백 / 국순정

주름진 세월 앞에
허전함을 핑계 삼아
일탈을 꿈꾸듯 두 눈을 감는 것은
텅 빈 가슴이 소리 내 우는 까닭입니다.

코스모스 길을 홀로 걸으며
잔잔한 노래에 화음을 맞추는 것은
하루쯤은 죽을 만큼 행복에 젖어보고 싶은 까닭입니다.

포말에 부서지는 추억을
한 움큼 떠안고 백사장을 거닐며
낭만에 빠져보고 싶은 것은
쉽사리 잊힐리 없는 그대 이름
내 가을날의 독백이 쓸쓸한 까닭입니다.

꽃처럼 살고파라 / 국순정

꽃처럼 살고파라
살구꽃보다 복사꽃보다
아름다운 미소 머금고
누구나 웃으며 바라볼 수 있는
꽃처럼 살고파라

미움을 담은 사람도
화를 담은 사람도
외로움에 지친 사람도
방실방실 웃을 수 있게
꽃처럼 살고파라

숨 같은 사람과 헤어져
죽을 듯 아파하는 사람도
꽃을 보며 빵긋 웃음 지을 수 있게
지었다가도 다시 피어나는
꽃처럼 살고 파라

그래도 살아봅시다. / 국순정

그래도 살아봅시다.

죽을 만큼 힘들어도
살아보자 하니 살아지더이다.

터놓고 얘기할 수 없어
속이 까맣게 타고
울고 싶어도 울 수 없어
혀가 바짝바짝 말라도
살아보자 하니 살아지더이다.

물 한 모금 넘길 힘이 없어도
숟가락 들고 떠서 넣으니
넘어가더이다.

힘없는 어린싹도
단단한 땅을 비집고 온 힘을 다해
세상 밖으로 나와
제각기 제 몫을 하는데

우리가 가진 힘은
돌 틈 사이 피어나는 제비꽃보다 강하고
개울가에 물오른 버들강아지보다 단단하니
가슴속 깊이 숨겨둔 용기 끄집어내어
두 주먹에 힘을 쥐어 봅시다.

그리고
살아봅시다.

하얀 미소 / 국순정

나의 이름 있었는가
반백 년 흔적은 나이테처럼
내 손 마디 위로 보이고
가만히 들여다본
거울 속 내 얼굴
숨소리도 손놀림도 멈추고
스무 살 내 이름 찾아 나선다.

꿈 많고 싱그럽던 나는
온데간데없고
만고풍상 겹겹이 쌓은 서릿발이
남은 생을 함께 하자며
천연덕스럽게 내 머리에서
하얀 미소를 짓는다.

쭈그러진 얼굴과
반백의 머리카락이
내 모습 바꾸어 놓아도
허투루 인생 살아낸 것 아니기에
따뜻한 마음으로
가을로 가는
내 모습을 사랑할 것이다.

포도주 같은 꿈 / 국순정

소금 같은 애정 조금
설탕 같은 그리움 한 움큼
깨소금 같은 추억 적당히
간장 같은 미련 약간
조미료 같은 외로움 탈탈 털어 넣고
사랑을 끓였습니다

뜨거운 사랑이
수증기를 타고 집안 곳곳에 가득 찹니다

빨간 미소로 고등어를 조리고
시금치는 애교를 넣어 묻혀내고
멸치와 꽈리고추는 잔소리로 볶아내고
두부는 자박자박 투정으로
끓여 식탁에 올립니다

까마귀 같은 목소리는
참기름을 두르고
꾀꼬리로 둔갑해서
그대를 부릅니다

맑고 아름다운 말씨로 짜 넣은
이슬 한잔을
넘치지 않게 따르고

나는 바가지에
달콤한 포도주 같은 꿈을 따라
운명을 마십니다

시인 **김강좌** 편

♣ 목차

🎵 시낭송 QR 코드
제 목 : 사계의 여정
시낭송 : 박순애

김강좌 시집
"하늘, 꽃, 바다"

시작노트

낮은 곳
언덕배기 어디서나
아무렇게 피었어도
아름다운 매무새로 숲을 지키는
꽃송이 송이마다
햇살과 바람과 비를 품어
사계를 이루고

한 계절
지날 때마다
꽃은 스스로를 흔들어
향기로 빈자리 채우니
그 길을 서성이던 발효된 그리움은
한 편의 시가 되어
또 사계를 지킨다

자목련 / 김강좌

밤마다
실눈 뜨고 달빛을 밟으며
올올이 빗어놓은 자줏빛 꽃망울이
겹겹이 두른 옷섶을 수줍게 열어 놓고
햇살을 마신다

돌 틈 사이
제비꽃 봄비에 떨궈지고
초여름의 열기가 심상치 않은데
꽃송이 송이 달고
늦은 기지개로 그리움을 빚었다

바람은
하냥 불어도 모퉁이 돌아오는
생명의 숨소리가 시린 가지 끝에서
금빛살 두르고 초록 잎 살찌운다

밤새
그리움에 잠 못 이루다
홀홀이
떨궈진 꽃잎 주워 담느라
달빛도 아프다

김강좌 시인

꽃잎 / 김강좌

올올이
빚어 내린 꽃잎을 떨구고서
바람 같은 계절이 가는 줄 알았다

아무렇게
피었어도 더는 욕심 없이
외진 들녘에 작은 풀꽃이면 됐었던

빛바랜
그림자에 그리움 덧칠하고
텅 빈 향기로 까치발 세우는데

꽃잎
흩날리는 추억 같은 그 길에
말간 그리움이 서럽게 흔들린다

길 / 김강좌

숲으로
가는 길에 새벽이 깨어나니
안개 걷힌 호수에 햇살 부서지고

모퉁이
돌아오는 사각사각 솔바람에
초록을 덧칠한 잎새의 일렁임은

영겁의
세월을 걸림 없이 스치는 듯
한줄기 섬광으로 가히 장관이어라

가지런한
그 길에 달빛이 부서지고
꽉 찬 그리움이 인화되는 순간

한 겹씩
쌓여가는 빛바랜 흔적 위로
길 위에 길을 내어 계절을 기다린다

김강좌 시인

제비꽃 / 김강좌

해마다
오시는 임 어찌도 눈부심에
늘 처음 보는 양
가슴이 뜁니다

빗물 흠씬
들이킨 찹찹한 눈웃음으로
담장 아래 수줍은 듯
곱게도 오셨어요

키 작은
몸짓이 풀숲에 가렸어도
소리 없는 향기는
감추지 못하나니

눈높이를
맞추던 안부가 궁금하여
까만 밤 하얗게 헤아리며
비 젖은 마음이 임께로 향합니다

사계의 여정 / 김강좌

밤사이
토닥이는 비의 속삭임에
낯선 그리움이 바람처럼 안긴다

푸름이
짙어가는 들녘 언저리에
열기는 사방에서 촉수를 세우고
뜨겁게 익어가는데

한치의
망설임 없이 꽃눈 틔운 숨결이
수줍은 몸짓으로 발그레 상기되어
7월 숲을 깨웠다

얼마나
더 아파야 이별 없는 기다림은
성숙한 사랑으로 지켜 낼 수 있을까

쪽빛으로
빚은 아름다운 동행이
시작된 그 날부터 계절은
숨 가쁜 사랑에 몸살을 앓는다

김강좌 시인

꽃무릇 / 김강좌

숨 가쁜
그리움에 떨림을 감추고
오롯이 기다리다
울컥 삼킨 속울음 꽃으로 영글어
빛을 향해 오른다

그립다
그리워서 못내 그리워지는
흠모하는 몸짓에
계절을 덧칠하고 서성이는 오늘이
아픔으로 여울져도

햇살과의
접물로 한 올씩 빚어진
긴 속눈썹으로
가을 숲을 수 놓는다
수줍어 속살까지 올올이 붉어지며....

그리움 / 김강좌

꽃단장에
꽃 입술로 반기는
고운 여인을 뵈었습니다
단아하게 차려입은
해맑간 눈빛이
모란꽃처럼 웃으며 손을 흔들었습니다

가슴까지
아리는 울컥한 울음 뒤로
가만가만 돌아서는
그 모습에 한동안 몽환처럼
허공만 바라보다 고개를 떨굽니다
눈물도 떨굽니다

찰나에 스쳐 가듯 그렇게
노란 꽃길을 홀홀이
걸어서는 몸짓은 안개처럼 흩어지고
들꽃을 한 아름 품은 바람만
횡하니 흔들거립니다

아.
간밤에 다녀가신
어머니 당신이셨습니다

김강좌 시인

백일홍 / 김강좌

한 무더기
봄꽃이 우르르 흩어지고
바람만 들락이는 텅 빈 뜨락에 선
작은 기다림 하나

초여름
열기가 빛처럼 내리는
사색의 공간에서 숨결 터트린
백일홍 매무새가
노을보다 더 붉다

백날의
간절함이 오롯이 이뤄질까
새벽달이지는
공허한 순간에도
홀로 잠들지 못하는

빈약한
시간을 거스르지 않고
올곧은 자태로 꽉 찬 그리움을
소리 없이 사른다

해바라기 사랑 / 김강좌

촘촘하게
엮어진 추억을 매달고
계절의 길목에서 만난
그리움

풀숲
언저리에 들리는 낮은 속삭임에
스스로 흔들어 한 뼘씩 키를
키우고

진부한
삶의 미로 같은 기다림은
얼마를 더 슬퍼야 끝날 수
있을까

쪽빛 하늘
우러르며 알알이 쏟아내는
만개한 그 사랑 눈멀도록
애잔타.

김강좌 시인

잘 익은 가을 / 김강좌

호젓한
들녘에 이슬보다 먼저
수줍게 단장하고 깨어나는 꽃 숨결

비단 같은
매무새 속살 열어 반기고
햇살을 기다리는 요염한 자태다

금빛 살결
빗어서 바람과의 접목으로
첫 이슬 마시며 실한 꿈 꾸었을까

호박꽃의
산고가 밤새 이어지고
숙성된 그리움이 덩실 열렸으니

아~잘 익은 가을이다

시인 **김락호** 편

♣ 목차

1. 애증"**愛憎**"을 그리다
2. 사랑이 오다.
3. 다 그런게지뭐 - 매미의 **情事**
4. 널 사랑하는 건 아픔인 게야

♪ 시낭송 QR 코드
제　목 : 애증"**愛憎**"을 그리다
시낭송 : 박영애

김락호 시집
"눈 먼 벽화"

김락호 소설
"나는 야누스다"

프로필

현) 사)창작문학예술인협의회 이사장
현) 대한문인협회 회장
현) 대한문학세계 종합문화예술잡지 발행인
현) 대한창작문예대학 지도교수
현) 한국청소년영상예술진흥원 자문의원
현) 도서출판 시음사 대표

저서: (소설) 나는 야누스다
　　　(시집) 내게 당신은 행복입니다. 눈먼 벽화 외 11종
명인명시 특선시인선 매년 저자로 발행 2005년~2017 현재
편저: 인터넷에 꽃 피운 사랑시 외 160 여권
시극: 내게 당신은 행복입니다. 원작 및 총감독
　　　(cmb 대전방송 TV 26회 녹화방송)

김락호 시인

애중"愛憎"을 그리다 / 김락호

햇볕이 잘 드는 창가에
씨앗 하나 담아서
화분 하나 그렸습니다.

그리고
마냥 깊어만 가는 애증에
묻어두었던 사랑을 꺼내어
그리움에 입맞춤도 하였습니다.

어느 날
애증은 화려함으로 피어나
열정과 육욕을 자랑하며
관능적인 열매를 잉태했습니다.

이제는
봄이 오면 꽃내음 머금은 바람을
여름이면 태양을 품은 열정을
가을이면 퍼플색 추억을
겨울이면 모닥불 같은 정열에
백일몽은 현실이 되어 춤을 추고 있습니다.

오늘은
어둠 한 상자 찾아오면
자홍색 꽃잎 위에 열정이 뚝뚝 떨어지도록
밤안개를 온몸으로 포옹하며 사랑에 빠져보렵니다.

사랑이 오다. / 김락호

햇빛이 신을 벗어놓고 달려왔다.
낮게 앉아있는 꽃잎을 품고.

빗물처럼 쏟아지는 그리움이 왔다.
울컥, 울컥 두근거리는 심장을 품고.

꽃잎에 환히 비친 사랑이 왔다.
구름이 만든 형언할 수 없는 설렘을 품고.

그리고
하얗게 촉촉해진 입술로 은혜로움을 말하며
청초하고 순수한 사춘기 소녀처럼 사랑을 고백한다.

오늘도
내 사랑은 항해를 시작했고
내 심장은 크로노미터 시계처럼
사랑이 있는 곳을 향해 정확하게 뛰고 있다.

이제
1,440분마다 꼭 만나는 시곗바늘처럼
사랑을 기다리며 영원한 시간을 공유할 것이다.

다 그런게지뭐 – 매미의 情事 / 김락호

스산한 밤 무리가 농익은 달을 잡고
헛바람 놀이를 하는데,
한여름 요사스럽게 궁둥이를 흔들던
환생한 굼벵이 년이 '아이고 배야'며
속곳을 젖히고 요념을 드네.

에이 고년. 몹쓸 년
여름 내내 이집저집 기웃거리며
뭇놈들 정액을 쪼옥 뽑아먹더니,
가을 사내 장삼은 왜 또 못 잡아먹어
안달을 하는 겐지!

여름내 뒹군 몸뚱어리.
그래도 주체 못 하는 치맛바람을 안고는
가을 달마저 품으려 저고리 풀어헤치고 달겨드는데,

어메나
이놈은 누군게야! 이 뜨거움은 여름 내내 알던 뭇놈의
정사가 아닌 게야! 모시 적삼 치마저고리 움켜잡고는
솜털 휘날리게 도망치는데, 이를 어쩌누!
이놈도 사내놈이라 뜨겁게 태워준다며
치마를 들춰버리네.

밤새 요사를 떤 게야. 물불 가릴 틈 없이
젊은 놈 늙은 놈도 가리지 않고 요사를 떤 게야.

훤한 낮빛이 비추는 전신주 아래
고년의 몸뚱어리 숨길 데 없었던 게지.
뜨거운 맛을 몰랐던 게지.

팔다리 움직일 힘조차 어느 놈에게 다 쥐어 주고서
뜯어진 저고리 사이 젖꼭지를 드러내고는
널브러져 잠이 들었네그려.

에이 고년 요사스런 년
몹쓸 년의 여름이 참 길기도 하네.

김락호 시인

널 사랑하는 건 아픔인 게야 / 김락호

멀리서 널 바라보는 건 쉬운 일이야
그냥 하늘 흐름에 내 몸을 두둥실 띄워
아주 조그만 점으로 서 있는 너일지라도
나는 어디서든 너를 알아볼 수 있기 때문이야

가까이서 널 바라보는 건 쉬운 일이야
네가 날 바라보며 무슨 생각을 하는지
홀로 고픔에 쓰러려 약해져 있지는 않은지
손 뻗으면 내 품으로 끌어안아
무엇이든 내 가진 것 건네줄 수 있는
눈앞에 서 있는 널 사랑하는 건 쉬운 일이야

그러나

닫힌 네 맘을 두드리는 건 힘든 일이야
멀리 있어 그리워할 사랑도
가까이 있어 품을 수 있는 여유도 주지 않는
허허한 마음만 가슴으로 삭여야 하는
감은 눈 닫은 가슴이 벽이 되어 돌아서면
멈춰진 네 맘이 그래서 나에겐 아픔인 게야

시인 김민지 편

♪ 시낭송 QR 코드
제 목 : 고백
시낭송 : 박영애

프로필

경남 통영 태생
경북 안동시 거주
대한문학세계 시 부문 등단
(사)창작문학예술인협의회 정회원
대한문인협회 대구경북지회 정회원
한 줄 시 공모전 동상
대한문인협회 이달의 시인 선정
대한문인협회 금주의 시 다수 선정
서울 일보 '시가 있는 아침' 게재

〈저서〉
1시집 "꽃이 질 때 이별하지 마세요"
2시집 "그리움의 조각들"

김민지 시집

"꽃이 질 때
이별하지 마세요"

"그리움의 조각들"

김민지 시인

꽃이 질 때 이별하지 마세요 / 김민지

꽃이 질 때
이별하지 마세요

사랑이 슬픔으로
남을 테니까요

꽃이 질 때
이별하지 마세요

사랑이 아픔이 되면
안되니까요

꽃이 질 때
이별이 예감되면

견디기 어렵더라도
다시 필 때까지 기다려요

이별하지 않아도 될지
모르잖아요

꽃이 활짝 웃으면
아픈 이별이 치유되어

사랑은 언제나
아름다움으로만 남아야 하니까요

그대 떠난 후 / 김민지

그대와 함께하고도

돌아서는
뒷모습에

다시 그대가 그리워집니다

함께 있을
때보다

그대가 가고 난 후

할 말이 더
많아집니다

그대 있던 허공에

남겨둔
그대의 잔상이

내 가슴에 스며들어

서럽게 서럽게
파고듭니다

김민지 시인

그대가 오신다면 / 김민지

이른 새벽
아침을 맞을 때
어두움을 밝혀주는
기쁨일까요

먹구름을
걷어내면 나타나는
붉은 태양을 맞이하는
반가움일까요

비 온 뒤
하늘과 산을 가로질러
생겨나는 무지개를 본
벅찬 감동일까요

그대가
오신다면 내 가슴도
봄을 맞을 때 함박웃음 짓는
하얀 목련일 거예요

그리움의 조각들 / 김민지

꽃잎이 비에 닿아
뚝 떨어져
이리저리 나뒹굽니다

나의 그리움도 비가 닿아
정처 없이 떠돌아다닙니다

별들도 봄바람이 닿아
뚝 떨어져
금물결을 이룹니다

나의 그리움도 별처럼
가슴 한구석 파문을 일으킵니다

김민지 시인

침묵한 사랑 / 김민지

사랑이
소리 없이 다가와
맘 한구석에
촛불 하나 밝히고
슬그머니 앉습니다

사랑은
고요 속에서 속삭이지만
심장을 살짝만 건드려도
크게 요동치며

가슴이
콩닥콩닥 거리고
머릿속이 시끌벅적
요란스러워집니다.

사랑은
인지 아닌지 헷갈려서
때로는 판단력을
흐리게도 합니다

사랑은
눈치챌 사이도 없이
고요 속으로 쓸쓸히
사라지기도 합니다

사랑 중엔
말없이 왔다가
말없이 떠나는
침묵한 사랑도 있습니다

그대가 좋아요 / 김민지

내 가슴에 사랑 꽃잎
한 장 휙~ 던져두고 가신
그대가 좋아요

애간장은 녹아들었지만
그대 향한 사랑으로 채워가니
그대가 좋아요

내 심장이 쿵쿵 뛰어
땅 위로 툭~떨어져도
그대의 향기로 받아줘서
그대가 좋아요

하늘 위로 구름 가듯
내 사랑도 그대 따라 갈 수 있어
난 그대가 참 좋아요

김민지 시인

고백 / 김민지

가끔 두려울 때가 있습니다
내 마음은 온통 그대에게 있는데
그대 맘은 어디에 머무는지가 두렵습니다

삶이 팍팍해서 지치다가도
그대가 곁에 있기에 그나마 위로가 되고
내 속의 외로움도 달래줍니다

그대와의 만남이 필연(**必然**)이고
하늘이 하는 일이라면
그분께 모든 것을 맡기겠습니다

나의 바람이 있다면 내 안에 담은
그대의 크기만큼이라도
그대 안에도 나로 채워졌으면 합니다

진정 그대도 그러한가요

조금만 사랑할래요 / 김민지

매일 그대 얼굴 떠올라도
내 맘 그대로 인해 아플까 봐
조금만 사랑할래요

매일 그대 꿈꾸어도
그대 맘 나로 인해 아플까 봐
조금만 사랑할래요

매일매일 그대가 그립더라도
그대와 나 사랑 깊어지면
우리 두 가슴 타버릴까 봐

조금만 조금만 사랑할래요

김민지 시인

내게만 머무를 줄 알았죠 / 김민지

종일토록 그대 생각으로 뒤덮여
시침이 삼십육계 줄행랑치고

하루해가 서산으로 달음박질하듯
작별 인사도 없이 뛰쳐 가지만

내 사랑은 내 곁에 머물러 주니
그것으로 행복했었죠

길거리에 즐비한 화단 속에 핀
색색 가지 꽃송이들도 나를 향해 미소 짓고

밤하늘에 피어오른 별조차
내게만 머무른 듯 반짝이었고

속이 여물어 꽉 차오른 보름달도
나만 따라다녀 콧노래가 절로 났었죠

그래서
그 사랑은 내게만 머무를 줄 알았죠

보름달의 배회(徘徊) / 김민지

긴긴밤 뉘 집 창밖을 서성이며
기웃기웃 어두움만 밝혀놓고
이리저리 배회(徘徊)하는 보름달

가뜩이나 잠 못 이루어
백지 위에 그리움을 썼다 지웠다
상념의 잔 가루를 후후 불어내는데

내방 창에도 어김없이 들어와
미처 지우지 못한 그리움의 흔적을
슬며시 염탐(廉探)하는 보름달

오늘은 또 어느 집 창에 다가가
남의 그리움을 훔치어
저 큰달 속을 채우려는지….

시인 **김상훈** 편

♣ 목차

1. 진실로 누군가를 사랑한다는 것
2. 눈물의 토카타
3. 어느 날 그자리
4. 초여름 이마
5. 애인
6. 바람이 꽃에게 전하는 말
7. 풀 각시 뜨락
8. 사랑하는 이에게
9. 책(册)
10. 당신의 이름으로

♪ 시낭송 QR 코드
제 목 : 초여름 이마
시낭송 : 박태임

프로필

서울 출생
대한문학세계 시 부문 등단
대한문학세계 수필 부문 등단
(사)창작문학예술인협의회 회원
(사)한국연극협회 부산지회 정회원
연극배우
現 프리랜서
대한문인협회 낭송시 선정
〈저서〉 시집 "풀 각시 뜨락"

김상훈 시집
"풀 각시 뜨락"

진실로 누군가를 사랑한다는 것은 / 김상훈

한 생의 엄숙한 뿌리를 내리기 위해
어느 한 여자의 심장을 넣고 다닌다는
남자의 눈을 가만히 들여다보고 있노라면
그의 마음 밭에서 하루 종일 땀을 흘리며
밭고랑 사이로 호미질하는 여자가 있더라

저물어가는 밤길 한적한 도로에서 마주치는
자동차 불빛 같은 아침을 맞이하고
일에 지친 저녁노을이 일몰로 스러지기까지
쉼 없이 고랑의 돌과 풀을 걷어낸 여자는
곧 정물처럼 나무 같은 그림자로 서 있더라

어두워진 작은 숲 사이 개울물에 달이 뜨고
시간이 돌아 겨울 서리꽃이 밭이랑을 덮어도
진실로 누군가를 사랑한다는 것은
그렇게 홀로 지그시 마음 밭을 내려다보며
한 그루의 나무로 서 있는 것이더라

눈물의 토카타 / 김상훈

고단했던 하늘이 잠시 쉼 하는 나날들
추란의 성급한 핌 마저 무색할
스치는 바람 한 끝이 제법 서늘하다

어느 곳이든 빗장 푼 들길에서
오메, 단풍 들겄네라던 김영랑의 소리
마치 먼 산새 울음소리처럼 아련하고

꽃이지는 길과 햇살 내리는 길이
무엇인가 익어가는 들녘을 만날 때
또 한 시절이 지겠구나 싶을
이 가을

한때는 한꺼번에 자라났던 잎새들이
떠날 때는 왜 홀로 가야 하는지를
길 끝에 반짝이던 은행잎들이 알려줄
이 가을

그리움 한 아름 안고 가지 끝에 매달려
끈질기게 버티던 잎새 한 장
어느 날 그 힘 다하여 툭 떨어질
아, 눈물의 토카타여

어느 날 그자리 / 김상훈

추억의 숙취에 떠밀리는 포구의 불빛
지금은 묻는 이 없어 대답할 이도 없다만
언젠가 느꼈던 사랑이다

나는 알아요 당신이 무얼 말하는지
저문 저녁 낯가리고 정자 뒤에 숨어
몽환의 음성으로 속삭이는 대숲 바람

물에 비친 내 그림자 나를 향해
뜨거운 가슴으로 한 아름 두 팔 벌릴 때
추억 한 방울로 목울대 울컥한 보고픔이
명치 끝에서 역류된다는 사실을 알았다

날마다 떨구고 간 시간의 비늘들이
모두 무탈하게 익었던 것은 아니리라

이제 내버려 두자

빠져도 아무 이상 없이 이어지는 문장처럼
그리움으로 미분된 꽃잎은 꽃잎대로
내 기억에서 벌목 당한 추억은 추억대로
저마다 피어오르거나 사라지게 놔두자

파도에 키질 당하는 모래알처럼
어느 날 그 자리의 유품쯤으로 남겨두자
흔들리는 것이 아니라 흐르는 것이므로

초여름 이마 / 김상훈

정오의 미열 속에 앓는 소리를 내며
봄이 곱다시 죽지 않는 까닭은
무엇과도 바꿀 수 없는 그 오랜 꽃말들이
미처 다 벗어 놓지 못한 속옷 때문이다

아무렇게나 벗어도 전설이 되던 치마와
날아다니고 기어 다니는 것들이
지상에서 난교를 벌이던 정사의 서(書),
초여름이라는 이마에 신열이 내릴만하다

이제 봄의 변방을 지킬 집요한 기억들이
구원을 얻기 위해 버림받는 순교처럼
겨울까지 관통하는 하인의 언어로 남아
연둣빛 씨앗의 한 종교로 남을 것이다

사라지므로 거룩한 삶을 이룩한 봄아,
잠시 물기에 젖었던 생의 무게를 버리고
초여름 잔등에 6월이라는 바코드 찍어
콧등 시큰한 부활의 잎으로 다시 만나자

애인 / 김상훈

내 추억의
어린 꽃나무들이 무럭무럭 자라나
이제는 더 자랄 곳 없이 커버린
먼 기억의 나무숲에
세차게 쏟아지는 비를 맞으며
그녀가 걸어가고 있다

술잔 속에 남았던
내 절망의 과장된 뉘우침과
내다 버린 기억조차
눈시울 어루만지는 빗방울이었다

생각건대, 세상의 정원에
햇살 커튼이 내려앉아
아무렇지도 않게 옷을 갈아입어도
시가 되는 꽃들이 십일홍을 즐길 때
그녀는 숲 뒷마당에 앉아
하냥 그늘진 얼굴로
나 보기가 서러운 풀 한 포기였다

그러나 홀로 먼 길 떠났다
쓸쓸하게 돌아오는 가을 새처럼
서러움이란 언제나
물기 어린 사슴의 눈빛 같은 것

점멸했던 별이 다시 익어 능히
한 생의 기쁨을 누리듯
그녀는 오늘도 저녁 강가에 서서
경건한 빛으로 새롭게 태어날
아침 햇살을 기다리는 느릅나무였다

바람이 꽃에게 전하는 말 / 김상훈

마음에 길이 없고서야 어찌 산이 있으랴
그대가 꿈꾸던 혼몽(魂夢)의 슬하에
속살 터지는 아픔을 묻고
그대의 눈물이 새벽빛 능선에 닿았을 때
내 일찍이 물소리 굽이치는
인연의 푸른 살점을 보았거늘
이제 먼 산 초록 음계 무성할 계절이 다가오면
사월의 신부 되어 오너라 그대여

풀 각시 뜨락 / 김상훈

서럽도록 짧은 가을 햇살
탱자나무 아래 장독에 빛이 난다
눈을 들면 내려앉는 파란 하늘
문양처럼 새겨진 백발 구름 눈이 시리다

뉘엿뉘엿 해가 지면
풀 각시 혼례 치르던 뜨락엔
대숲에서 휘돌던 소슬바람 불어와
쓸쓸하기 이만저만 아니다

그 쓸쓸한 뜨락에 낮달이 뜬 어느 날
속적삼 벗는 흉내를 내던 정금이 누나는
지금 어디에 있을까

김상훈 시인

사랑하는 이에게 / 김상훈

그렇소

한겨울 보도블록에 낀
잔설의 투명한 광채처럼 불쑥
그대가 떠오를 때마다
나는 남겨진 시간에 대하여
깊은 두려움을 느끼곤 하오
그것은 불변처럼 느껴지는
나의 끈끈한 채무감일 터,

무겁소

그 채무감 때문에 더러는
붉은 진황의 노을을 등에 업고
간이역 벤치에 앉아 간절하게
막차를 기다리는 사람처럼
오직 당신을 위한 순백의 언어로
내 생에 가장 긴 기도를 올리지만
형편없는 삼류 기도의 남루였소

아프오

그 너절한 남루를 기우기 위해
우리가 지나온 길 위에 떨어뜨린
희미한 기억까지 하나씩 줏어 모아
조금은 새롭게 붉어진 심장으로
촛불 아래 편지 한 장 써놓곤
눈물 한 잎 새순을 틔운 진실로
그대 가슴의 별로 남는 것이외다

언약이오

책(册) / 김상훈

빈 들녘에 불을 일구는 관능의 노을처럼
너는 언제나 나를 관음의 열정으로 이끌고 가는
위대한 포르노그라피

때로는 내 삶의 검붉은 녹들을 씻어내고
농밀한 밀어로 밤마다 나를 유혹하며
너를 탐하는 나에게 진실로 진실로 이르기를

사랑으로 피었다 죽는 것들이 얼마나 많은지
지상에 전파된 거룩한 말들이 얼마나 위대한지
한 생을 위한 지혜는 또 얼마나 많이 필요한지

일용할 양식의 언어로 내 머리를 쓰다듬으며
소리 없는 기호로 과거와 미래를 고백하는 너는
전생의 내 애인

김상훈 시인

당신의 이름으로 / 김상훈

누구라도 눈치챌 수 있도록
지상에서 가장 높이 판 양각과
당신만 알아볼 수 있도록
세상에서 가장 깊이 판 음각으로
당신 가슴에 내 이름 새기렵니다

물 묻은 손 허리춤에 닦으며
가장 소중한 것을 감춘 아이처럼
혼자 피는 그리움의 무게에 눌려
낮달을 바라보고 허엿한 한숨짓던
내 누이 같은 그대여

더러 추억이 자라는 밤이 와서
하늘의 성근 별들이 당신 이름을
어지럽게 흩트려놓아도
잘 정돈된 시구(詩句)의 방점처럼
내 가슴에 당신 이름 새기렵니다

흘러가는 세월에 이끼가 서려
당신 이름 언저리에 노을이 물들고
망각의 강이 가리키는 저 손끝에
내 어떤 영혼의 안식처가 있다면
기꺼이 당신의 문패를 걸어두렵니다

시인 **김선목** 편

🎵 시낭송 QR 코드
제 목 : 당신의 얼굴
시낭송 : 최명자

프로필

경기도 화성 출생 / 호는 海山
2015년 대한문학세계 시 부문 등단
(사)창작문학예술인협의회 회원
대한문인협회 경기지회 지회장
〈수상〉
2015년 순우리말 글짓기
　　　　　　전국 공모전 은상
2015년 한국 문학 발전상 수상
2016년 현대시를 대표하는
　　　　"명인명시 특선시인선" 선정
2016년 한 줄 시 짓기 전국 공모전 금상
2016년 순우리말 글짓기
　　　　　　전국 공모전 금상
2016년 한국문화 예술인 금상
2017년 현대시를 대표하는
　　　　"명인명시 특선시인선"선정
2017년 대한창작문예대학 경연대회 은상

2017년 한 줄 시 짓기 전국 공모전 은상
2017년 순우리말 글짓기
　　　　　　전국 공모전 은상
대한창작문예대학 졸업
문예창작 지도자 자격 취득
〈공저〉
현대 시를 대표하는
　〈명인명시 특선시인선-2016,2017〉
문학이 흐르는 여울목 〈움터〉
경기지회 동인지 창간호 〈햇살 드는 창〉
제7기 대한창작문예대학
　　　　　　졸업 작품집 〈비포장길〉
〈가곡작시〉
1.동행
2.그리운 어머니
3.그대가 있어 행복 합니다

김선목 시인

가을 그네 / 김선목

푸름에 찰싹 달라붙어
나뭇잎 사이로 신음하던
매미의 여름 사냥은 인제 그만
청춘의 덫에 걸린 듯
애끓는 몸짓으로 울다가 간다.

매미의 일생을 따라서
무더운 계절이 떠나가는 꼬리를 잡고
시원섭섭한 이 밤
선선한 바람결에
귀뚜라미는 애걸복걸 성화다.

간사한 마음은 어느새 춥다며
이불을 끌어안고
빈 보일러 돌아가는 소리에 뒤척이면
옆구리는 시린데
무심한 달빛은 곱기도 하다.

정다이 창문을 넘어오는
지난가을의 노래가 또다시 찾아와
밤마다 귀를 간질이듯이
아, 오시려나
지난날 그리움이 아른거린다.

낙엽의 꿈 / 김선목

깊어가는 가을밤에
낙엽이 이렇게 바삭거린다
그토록 사랑한
너를
이젠 떠나야 해

꽃 바람에 움튼 푸른 잎
한여름 땡볕의
그늘막엔 맴맴
웬
성화였나!

꽃향기 날리는 봄날부터
마지막 잎이 질 때까지
죽도록 사랑한
너를
못 잊어……

노을이 물드는 산모퉁이
찻집의 붉은 밀어는
갈바람에 쌓이고
낙엽은 봄 처녀 그리며
길을 떠난다.

김선목 시인

너라서 좋다 / 김선목

나는 너만을 사랑하련다
첫사랑도 아닌 풍각쟁이의 늦바람처럼
너에게 미쳐 환장하는
이 마음 어이 할꼬
이 생명 다하도록 너를 사랑하노라고
백지에 서약한다.

아리따운 너의 맘 깊은 곳에
곱살스런 내 맘의 흔적을 남기며
내 사랑의 애무가 끝날 때까지
너와 함께 온밤을 지새우련다

너를 자유롭게 만나는 날이 기쁘다
너를 애무하는 영혼이 즐겁다
때로는 고독한 투쟁으로
검붉은 혈흔이 낭자한
백지를 찢는 아픔에 두 손을 들지만
골백번 싸워도 좋다

내 사랑이 詩 너라서 좋다
너는 부끄러운 나의 속옷을 벗기지만
난 너의 나신에 색동옷을 입히련다
너를 사랑해서 행복하다.

당신의 얼굴 / 김선목

언제나 햇살 고운 자태로
아침을 짓는 당신의 뒷모습은
빛나는 머리카락 사이로
하루를 맞이하는 행복입니다.

그 자리 지킴이 힘들어서
한 번쯤 투덜거리련만
앞치마 질끈 맨 가족사랑은
조용한 아침을 연주합니다

아침마다 주방의 주연으로
변함없는 사랑을 버무리며
쓸고 닦고 빨래한 세월은
파 뿌리 숨기는 할미 됐구려!

아침이면 바라보는 뒷모습
이젠 나의 시와 노래 듣는
당신의 얼굴 마주 보며
은발을 빗겨 주고 싶습니다.

부부의 날 기념 아내에게

김선목 시인

바닷가 연정 / 김선목

수평선 저 멀리 아롱거리는
햇살 곱다랗게 떠오르는 얼굴
그리운 손짓 너울너울 춤추고

파란 가슴을 하얗게 가르며
밀려오는 사랑의 파노라마
갈매기도 끼룩끼룩 즐거워라

그대 바라보는 작은 가슴에
출렁이는 연정 잊을 수 없어
그리움 쌓이고 모래성 쌓으면

그리움 부서지는 파도 소리에
바닷가 연정 이루어지기를
갈매기도 내 맘인 듯 맴도누나.

사랑의 밀어 / 김선목

별이 빛나는 아름다운 밤하늘에
달그림자 흘러가듯
창문 너머 들려오는 구애의 속삭임은
푸른 오월의 교향곡이다.

물안개 자욱한 무대에서
테너와 바리톤의 화음이 어우러진
절절한 사랑의 노래는
수개구리가 짝을 찾는 기쁨이란다.

그리움이 물들어 쏟아지는
아름다운 사랑의 향기에 취해
개굴개굴 사랑의 밀어를 나누며
황홀한 밤을 하얗게 불사른다.

짝을 이룬 밤은 깊어 가고
밀어의 속삭임으로 사랑도 깊어 가는
개구리들의 달콤한 사랑은
으슥한 논두렁에서 새벽을 맞는다.

김선목 시인

아련한 그리움 / 김선목

흰 눈이 내려 쌓인 산길에
길 잃은 발자국 하나가
하얀 꿈을 남기고
언덕배기 양지쪽으로 사라졌다.

양지바른 언덕 아래로
시냇물이 잠 깨어 졸졸 흐르고
툭툭 깨지는 언 가슴 사이로
봄의 소리가 들려온다.

눈꽃 그리워 찾아온 봄은
흥겹게 버들피리 불면서
시냇가 굽이도는 들길을 따라
붉은 꽃망울을 활짝 터트린다.

겨울은 봄 속으로
솜사탕처럼 사르르 녹고
하얀 꿈의 발자국은
푸른 꿈 찾아 모래톱을 걸어갔다.

아름다운 인연 / 김선목

수많은 사람과 사람들 사이에서
스쳐 지나는 인생사 오르내리며
때론 밀어주고 때로는 잡아주면서
그네 타듯 환호하는 인생을 살아요

스치는 만남을 무심코 지나지도
미워하지도 성내지도 마세요.
향기로운 인생의 정을 나누며
서로서로 소중한 마음으로 살아요.

인생의 계절에 순리로 피어나는
너와 나의 가슴에 핀 사랑의 꽃
아름다운 인생길 동행하면서
향기로운 인생을 꽃피우며 살아요.

김선목 시인

이런 사람이 좋다. / 김선목

밤하늘 허공 속에서 마주치는
눈빛과 달빛의 만남이
말없이 허물없이 빛나듯
이심전심 눈빛으로 통하는
그런 사람이면 좋겠다.

보고픈 마음에 살며시 고개 들면
살포시 떠오르는 하얀 얼굴
웃음 지며 반겨주는
그런 사람이 생각난다.

그리운 마음에 넌지시 바라보는
달을 품어준 호수의 포옹
그 깊고 넓은 감동이 흐르는
그런 사람이 보고프다.

달 기우는 그믐날에도
달 차오르는 보름날에도
마냥 웃는 정겨운 얼굴로
맑은 가슴 내어 주는 호수 같은
그런 사람이면 좋겠다.

흰머리 소녀 / 김선목

눈이 오는 날에는
그 여인 생각이 난다
흰머리 파뿌리 되어가는
그 사람을 생각한다.

이름도 성도 잃어버린 지 오랜
지난날의 추억이
눈 내리듯 펑펑 쏟아지는
아름다운 사랑이다.

사랑스러운 그 이름
내 가슴에 묻어버린 날부터
누구 엄마라 불리더니
손녀가 할머니라 부른다.

눈이 내리는 날에는
하얀 머리가 더 하얀 그대여
그대는 나의 첫사랑이다
나의 영원한 여인이다.

클래식콘서트

가 있음을 노래하다!

No.9 Op.125

시인 **김승택** 편

♣ 목차

 시낭송 QR 코드
제 목 : 포물선
시낭송 : 박영애

김승택 시집
"시로 그림을 그리다"

시작노트

시가 무엇인지 아직 탐색 중이다

시로 그림을 그리다에 이어 시로 소설을 쓴다는 테마로 한 발자국씩 천천히

그러나 집요하게 전진해 볼 생각이다

또 어느 때인가 이것이 길이 아닐 수 있다면 돌아갈 것이다

하지만 시가 무엇인지 모색하는 시간 만큼은 의미 있는 시간이 되리라 생각한다

이번에 명인명시에 선정된 시는 시로 소설을 쓴다는 테마로 시를 모색해 가는 과정에 쓴 시들이다. 바람이 놀더라 한편을 제외하면.

다시 한번 시가 공연의 주도적 역할을 했던 디오니소스 제전에 대해 상상해 본다

그때 시민들의 가슴을 쿵쾅거리게 했던 거대한 신들의 서사시.

나는 시로 아픈 사람들의 삶을 노래하는 소설을 쓰고 싶다

흔적 / 김승택

흔적이 남지 않았다는 것은 존재하지 않았다는 것이다
열 달 뱃속에 숨기고 태어난 아이
손 한번 잡기도 전에
내 어미 손에 들려 나가
죽을 때까지 울다가 어딘가에 묻혔다
애기 귀신 되었다
애기 귀신은 원래 존재한 적 없는 슬픔의 전설이다
나를 위해 그랬다는 내 어미의 흔적처럼

내 어미를 화장하던 날
흔적 없는 내 새끼 어디에 묻었냐고 묻고 싶었다
비가 오고 있었다
뼈를 더 곱게 빻아 달라고 돈 몇 푼 더 쥐여 주었다
바다에 뿌리고 나니
비린내만 남을 뿐 흔적이 없었다

열아홉 여름 그 남자가 처음으로 내게 들어 오던 날
슬픔도 기쁨도 아닌 눈물이 장맛비에 쓸려나갔다
말없이 떠나던 날도 비가 오고 있었다
전설처럼 존재하지도 않았고 흔적은 내 어미의 손에 지워졌다

세상에 존재하지 않았어야 했던
흔적조차 없는 슬픔은 얼마나 많았는지
삼십 년 넘게 바닷가에서 술을 팔아 살아온 산골 소녀
이제 그녀는 존재했던 흔적을 남기지 않기 위해 준비하고 있다

김승택 시인

흔적 2 / 김승택

아들이 죽었다
흔적이 없었다
범인은 없었고 바다만 있었다
비 내리는 바닷가 비린내만 있었다

발자국도 없었다
다시 나란히 줄을 맞춘 모래들
끊임없이 이어진 모래들
파도의 애무에 속살을 다 내어놓고
깔깔거리는 모래들
아들은 썰물을 따라 그 위를 걸어갔다

방향도 몰랐다
어디로 얼마만큼 걸어갔는지
걸을 때 얼마나 많은 짐이 그 어깨 위에 있었는지
가슴에 무엇이 담겼었는지
흔적이 없으니 알 도리가 없었다

바람이 불었다
바람은 다시 부재를 알려 왔고
바람이 분 흔적은 없었다
완전하고 슬픈 범죄였다.

흔적 5 / 김승택

등록금 납부 마지막 날
새벽어둠을 가르며 승용차 한 대 산 중턱 저수지를 향해 올라갔다
불빛은 승용차 앞부분만 겨우 찢어 내었을 뿐
뒤에는 더 무거운 어둠들이 지나간 흔적을 채우고 있었다
옆에 있는 딸은 눈을 감고 있었다

남편은 항암 치료를 거부했다
말기라서 해 보았자 소용없다는 항변이었지만
쑥쑥 줄어드는 통장의 잔액과 전세금마저 다 빼먹고 갈 수는 없다는 배려였다

남편이 떠나고 그가 남기고 간 트럭을 몰았다
밤마다 집을 밀고 다니는 전국구 달팽이가 되었다
항구에 도착하면 바닷가가 집이 되었고
산에 도착하면 산바람이 이불이 되어 주었다
피곤이 허락하지 않으면 고속도로 졸음 쉼터도 집이 되어 주었다
독한 년이라는 말을 훈장처럼 달고 다녔다

어둠을 찢으며 거슬러 올라온 삶
마지막 용트림하듯 번쩍이더니 빠른 속도로 유성처럼 떨어졌다
등록금 마련 못 한 모녀의 선택이라는
사막의 먼지 같은 기사가 며칠 뒤 그녀의 흔적을 알렸다

김승택 시인

MRI(자기공명영상) / 김승택

글을 쓴다는 것이 즐거움이 아닌 일로서 느껴지던 날 오후
숲을 걷다가 길을 잃어버렸다
윙윙거리는 바람 소리
탁탁거리는 목탁 소리
의사가 보여준 내 머릿속의 이미지는 검은색이었다
먹을 얼마나 오래 갈았는지 물기 없는 먹물이었다

의사의 처방대로 산으로 올라가 비를 맞았다
시원하게 비를 맞았다. 가슴 열고 맞았다
빗속에서도 새들은 짝을 찾아 날아다니고
다람쥐는 먹이를 찾아 쫓아다녔다
이방인의 자유로움. 나는 그렇게 거기서 한나절을 보냈다

너무 비를 많이 맞았는지
먹물이 묽어져 맹탕 맑은 물이 되어 버렸다
시를 지어도 보이지 않고
그림을 그려도 희미한 흔적만 남는
한껏 동양화를 뽐낼 거라던 희망은 그렇게 사라져 갔다

그래서 알았다
사람마다 갈아야 할 먹물의 농도는 사람의 깊이에 있어야 한다는 것을

오이 / 김승택

오이를 베어 물면 물 내가 났어
물 냄새 속에는 비릿한 욕망이 느껴졌고
여름 내내 나는 물 내와 함께 지냈어
뒷마당에는 허기진 배를 채워줄 오이가 주렁주렁 달려 있었고
학교를 갔다 오면 오이로 허기를 달랬어

옆집 누나에게서도 물 냄새가 났어
봉긋한 가슴에서뿐 아니라
입술에서도, 귓등에서도
덜 자란 오이를 한입 베어 문 것처럼 비릿한 물 냄새가 났어

도리깨질로 온몸이 녹초가 되고
콩깍지가 온몸에 눌어붙어서 까끌까끌했어
방죽으로 나가 등목을 하고 돌아오는 길이었고
풀벌레 소리가 시끄러운 늦여름이었어

첫사랑이 그렇게 다가올 줄 몰랐어
샘물에 오이채와 간장만 넣은 오이 냉국 같았어
얼마나 먼 곳에서 달려왔는지 모를 별빛이
하늘에 가득한 것 같았어
나는 그 위를 훨훨 나는 것 같았어

김승택 시인

곡선의 존재 방식 / 김승택

곡선은 직선 속에 갇혀있었다
믿었던 그가 엘리베이터를 타고 승진하더니
버려질 땐 스프링처럼 빙글빙글 돌아
땅에 서 있지를 못했다
바람이 없는 날 직선처럼 보이던 수평선에
목숨을 훔쳐 달아나는 너울이 숨어 있었고
직진만 고집하는 뜨거운 햇살 아래
아스팔트 바닥은 고불고불한 아지랑이를 뿜어 올리고 있었다

곡선은 늘 바람과 함께였다
희망의 방정식이 직각의 절벽을 타고 오르는 담쟁이라면
절망의 방정식은 라면처럼 구불구불한 해안선을 강타하는 태풍과 같았다
모래톱으로 스며드는 바닷물과 같았다
어디로 빠져나가는지 모르는 그 바닷물 속에
어릴 적 꿈꾸던 삶들이 쓸려 나가고
남아있는 부끄러운 삶의 흔적들
그 위에 키운 자식들
바람은 언제나 때론 강하게 때론 부드럽게
곡선의 존재를 알려줬다

나이 오십이 넘어 알았다
부모가 자식에게 갇혀 있듯이
곡선이 직선의 어머니라는 것을

포물선 / 김승택

청진기를 대면 끓는 가래소리가
끊어질 듯 끊어질 듯 가늘게 들려왔다
해 질 녘 잠시 소나기가 내렸고
무지개가 보였다
그 위로 철새들이 포물선을 그리며 날아가고
태양과의 각도는 그가 살아온 궤적만큼 휘어져 있었다

열아홉부터 큰집을 제집 드나들 듯했다고
걸핏하면 몸에 난 문신을 보여주며
동네 막걸리 동냥으로 살아온 그는
유독 포물선이라는 단어를 많이 썼다
휘어진 건 모두 포물선이었고
그래서 그의 인생도 포물선이라고 했다

식구라고는 그림자 하나뿐인 그가
허리 굽혀 지하 셋방으로 들어가면
그림자마저도 따라오지 않았다
작은 사각의 방에는 포물선이 없다
한 번도 직선의 삶을 살아보지 못한 그는
이제야 작은 방에 직선의 포로가 되어 살아간다
육십촉 전등이 그의 머리 위에서 굽은 허리와
삶의 포물선 방정식을 계산하고 있다

김승택 시인

핀셋으로 언어 고정하기. / 김승택

무조건 많은 단어를 붙들어
주전자에 끓인다
뚜껑이 달가닥거리면
뚜껑을 열어 가벼운 단어들이
날아가게 만든다
천천히 커피잔에 부어서
커피 향이 짙게 배게 하고
커피와 어울리지 않는 단어들은
뜨거운 물을 부을 때 천천히 부어
날아갈 수 있게 한다
아직 뜨거운 단어들이 주전자에 남아 있으면
마른 국화꽃을 유리 주전자에 넣고,
천천히 붓는다
국화꽃과 언어들이 서서히 하나가 되어
노랗게 익어가면
넓은 한지를 펴고
커피와 국화 꽃물로
담담하게 그림을 그린다

가벼운 단어들이 다 날아가고
묵직한 언어들이
수묵화로 남으면
핀셋을 이용해 노트에 붙인다
도톰한 시집이 될 때까지

핀셋으로 언어 고정하기 2 / 김승택

김수영 님의 시집과 강은교 님의 시집을 나란히 편다
순서 없이 원고지 위에 많은 시어를 베낀다
숨이 턱턱 막히는 여름날 에어컨을 끄고
비가 오는 날까지 끊임없이 원고지를 늘려간다
비가 오면 소주와 퉁퉁 불은 라면을 준비하고
고독이 방안을 가득 메울 때까지
떠나간 그녀가 사방의 벽면을 가득 채울 때까지
소주를 마신다

내가 취한다고
그 많은 원고가 한꺼번에 시가 되어
날아다니진 않을 것이다
몇몇 시어들은 비에 취해서
고독에 취해서 방안을 날아다니겠지만
나머지 원고지들은 아낌없이 잘게 찢는다
가슴에 있는 그녀가 지워질 때까지
습한 공기들이 원고지를 충분히 적실 때까지
구불구불한 라면으로 소주를 위로한다

비가 그치고 해가 뜨면
핀셋으로 젖고 찢어진 단어들을 주워 모아서
뼈는 뼈끼리 살은 살끼리
정교하게 그러나 무한한 인내심으로 붙여본다
시가 될 때까지

김승택 시인

바람이 놀더라 / 김승택

마당에 내려서니
바람이 춤추더라
물고기 훌치듯 떨어진 낙엽 몇 마리 쫓아다니면서
햇살 가득 웃음으로 놀더라

멀리서 바라보던 산봉우리
성큼성큼 마당까지 놀러 왔더라
할머니처럼 꽃분홍 옷 차려입고
손주 녀석 노는 것 쳐다보듯
환한 웃음으로 바람 재주부리는 걸 쳐다 보더라

바람이 신나게 놀다가 지쳐 돌아간 자리
구름 몇 조각 파아란 강물에 빠지고
그 뒤를 따라 옷 벗은 나뭇가지들 뛰어들더라
구절초 쑥부쟁이 땅을 움켜잡고 허허롭게 웃더라

시인 **김영주** 편

♪ 시낭송 QR 코드
제 목 : 그대 생각
시낭송 : 김지원

시작노트

고운 빛 고운 날

고운 빛 고운 날이
되는 것은
바로 그대 영혼에서
맑음에 고운 빛이
놀라운 에너지가 되어
고운 빛이 됩니다.

그대의 영혼은
맑은 마음을 좋아하고
맑은 생각을 좋아하고
맑은 눈빛을 좋아하니

보이지 않아도
좋은 에너지로
부드러우며
좋은 느낌처럼

짙은 여운으로

태양에 아름다운
햇살이 되고
숲에 아름다움이
되기도 하고
별에 아름다움이
되기도 합니다.

오늘
이 아름다운 날은
그대의 영혼의
맑음에서
기쁜 출발의 하루
삶의 마라톤이 시작됩니다.

– 햇살 가득한 맑은 날 아침에 –

그대 생각 / 김영주

기다림에 별이
유성처럼 파고들어
고운 음악과 같이
내 가슴속 하고픈 말
전해 주고 싶어라

하얀 종이 위
그대 만나서 하고픈 말
속삭임 같은 말
하나둘 적어보며
그대 생각에 잠기어라

사랑의 별빛으로
사랑을 담고서
그리운 그대 모습
이 넓은 밤하늘
아름답게 수놓고 싶어라

눈가에 아롱져 새기며
보고픈 흔적을 그리면서
그대 가슴에 한없이 안겨
파고들고픈 사랑

그대만의 그리움을 채워
낮에는 꽃향기 피우고
밤엔 가지에 그리움 걸고서
바라보는 모습 기억되어
그대의 별빛이 되려는 사랑

내 마음에 그려진 그대 모습
홀로 남겨진 공간에서도
기다림이란 시간을 채우며
오직 그대만의 사랑으로
나, 이 밤 잠들고 싶어라

소리 없는 그리움 / 김영주

많이 지치고 힘든 일상일까?
가만히 쳐다보는 창가
저편에 그리움이 서 있습니다.

추억이라 하던가?
계절 저편의 그리움이
길게 여운을 남기며
뿌옇게 사라집니다.

언제나
그대를 생각할 수 있어
행복합니다.

산 넘어 햇살이
당신에게 갈 때쯤이면
그리움을 한 움큼 진
추억이 찾아옵니다.

내 곁에 서성이는 추억
한 장 한 장 페이지 넘기는
기억 속에서
그대 모습 발견하고는
핑 도는 눈물이 눈 앞을 가리고.
다독여 주는 시간 앞에 목을 놓습니다.

언제나 밝고 아름다운
그대 사랑이기에
오늘은 유난히 보고 싶습니다.

추운 계절 흰 눈이
아름다워 보이지 않음은
추위를 몹시 타는
그대의 건강 때문입니다.

내가 살아갈 수 있는 이유.
그 이유가 당신이기에
죽을 때까지 그대 사랑이 되고 싶습니다.

시간은 너무도 빨리 흘러갑니다.
길거리에 나뒹구는 메마른 낙엽들을 보노라면
겨울이 오고 있음을 알 수 있습니다.

당신 걱정이 많이 됩니다.
건강하게 당신을 지켜주며 바라보는
그런 따사로운 당신의 해가 되고 싶습니다.

당신의 힘이 되어주고 싶고.
운명이 되고 싶은.
나는 당신의 전부가 되고 싶습니다.

쑥쑥 키 자란 어둠이
깜깜한 별자리에 오르고.
그만큼 커져 버린 그리움으로.

지금쯤 내 사랑은
어디에서 나를 생각하는지
해가 지는 창 너머로 크게 손짓하여 봅니다.

김영주 시인

그대에게 향하는 내 마음 / 김영주

그대에게 향하는 내 마음
꿈을 그리는 파란빛
내 마음엔 사랑의 빛이 있습니다.

그리움의
마음 바다가 출렁 출렁이며
거칢과 목마름의 육지
내 마음의 대지에
그리운 사랑의 빛이 내립니다.

내 마음
하루하루 커가는 사랑의 기쁨들
나날로서 다가가는 그대 향한
거룩한 한 생애를 위하여
끝없이 사랑해야만 하는
내 마음의 파란 빛
결코 그대에게서 멀어질 수 없습니다.

해바라기가 해를 보며 맴돌듯
그대 향해
그리움으로 달려가는 마음들이
진행되는 시간은
공허하지만
그래도 사랑해야만 하는
내 마음 안에는 파란빛 있습니다.

오늘도
그대의 사랑만을 받고 싶은
그대 그리워하는 파란빛이
안개 속에 길을 잃어
마음이 흔들릴 때
어두움 공간마저 밝혀주는 파란 빛이
내 마음에서 등대처럼 빛나는
그대만의 불빛으로 비춰서 보입니다.

그대 꿈으로 와서 / 김영주

그대는
꿈으로 와서
가슴에 그리움을 수놓고
눈뜨면
보고 싶으므로 다가온다.

그대는
새가 되어
내 마음에 살아
기쁠 때나 슬플 때나
그리움이란 울음을 운다

사랑을 하면
꽃피워야 할 텐데
사랑을 하면
열매를 맺어야 할 텐데

달려갈 수도
뛰어들 수도 없는 우리는
살아가며 생각하면서
그리워 그리워하며
하늘만 본다.

김영주 시인

내 마음의 태양 / 김영주

우주의 태양은 떠오르고 있습니다.
태양은 내 마음속에서도
하나에 희망에 이름으로
또 하나 더 떠오르고 있습니다.
그런, 그 속에 기다림의 그림자가
시간으로 비추어지고 있습니다.

마음에 태양도 높게 떠오르면
기다리는 그리움에
세월도 작아지기도 할까요.
세월은 변함없이 흘러가고 있습니다.
마음의 태양이 어느 정도 떠오르면
기다리는 꿈의 세월도 짧아질 수 있을까요.

한낮에 태양은 힘차게 치솟아 올라
따스함으로 온 세상 햇살 비추어지고
실비단 파란 하늘에
어우러진 태양처럼
그리운 꿈 하나 가진 마음의 태양의 빛이
마음 희망의 꿈 하나로 오늘도 삶의 시간 속에 흐릅니다.

내 사랑의 노래 / 김영주

영롱한 아침
햇살 가득
춤추는 파도 위
이어진 속삭임은
내 가슴 그림 그려

저 멀리
산등성에서 들려오는
사랑의 두 마리 새
지저귀는
사랑의 노래

나풀나풀
흔들리는 꽃잎에
내 영혼 안에
붉게 드리워진
사랑의 물결이

마음 모퉁이
분홍빛 커튼으로
고운 향기로 남아
영혼의 그림마저
춤추며 노래한다.

내 사랑에
붉게 물든 빛
마음의 창은
오늘도 속삭이며
춤을 추며 노래한다.

김영주 시인

우리 삶 그 하나에 사랑으로 / 김영주

사랑하는
사람의 숨소리를 들을 때면
마냥 행복해지고
편한 마음으로
잠들 수 있는 모습을 보곤 합니다.

힘들 땐 위로해주고
슬플 땐 말 없이
안아주고
아플 땐 살며시
다가와 손을 잡아주며
그 아픔 함께해 주는 사람

마음에 두고두고
잊히지 않을 사람,
마음으로 전해오는 숨결에
따뜻함으로 느껴오는 사랑

사랑은
함께 할 수 있기 때문에
영원히 같은 길을
갈 수 있으므로
더욱 아름다운
사랑인지도 모릅니다.

가을 청명하고
단풍이 물들어 갈 때
가슴 한편에
문득 떠오르는 모습
사랑하는 사람을
꼭 더 안아주세요.

사랑은
어머니 일 수도 있고
사랑은
아버지 일 수도 있습니다.
지금 사랑하는 사람입니다.

가슴에 담은
마음에 사랑하는 사람
왠지 쓸쓸해지는
느낌에 가을에는
더욱 다정하게
꼭, 껴안아 주시기를 바랍니다.

사랑은 어느새 가슴 안에 / 김영주

사랑은 어느새 가슴 안에
영롱하고도 아름답게 수를 놓아요
마음 깊이 소리 내여
계절의 향기 속에서
끝없이 이어지는 순간의 기억
부드럽고도 향기롭게
나의 마음에 자리 잡아요

내가 힘들어 눈물이 흐를 때면
어느새 나에게 위로의 손길 뻗어
마음속마저도 어루만져주시는
가슴에 그려지는 그대 느낌
무엇으로도 표현할 수 없는
감동의 물결이 되어
내 마음에 다가오는 소리
오 그대의 사랑 이여라

오 나의 사랑이여!
그대가 나에게 주는 사랑
내 마음 깊은 곳
아름다운 무늬로
아름다운 색깔로
오색 찬란하게 수를 놓고
나의 마음을 온통 그대 것으로
만들어 버리는 힘을 가져 섰군요

사랑 나의 임이여!
새벽의 밤
모든 이 잠든 밤
내 가슴속 깊이 수놓아 주는
그대의 모습 그대가 있기에
그대의 사랑을
한없이 그리워 해보고 싶은
나의 마음이라오

이 어둠 공간 속에서도
나의 마음 밝혀주며
영롱하게 빛나는 그대
그대의 그런 아름다움으로
이 밤도 나는 부푼 가슴으로
다시 그대를 그려보고 있다 오

김영주 시인

희망의 품으로 / 김영주

봄이 더욱 짙어 가요.
이 세상 모든 이에게 희망을
가슴 깊이 심어주는
그런 봄이 면합니다.

지난 어려운 모든 것
살아오는 그 힘든
모든 순간
모두 없애 버려주는
희망을 주는
봄이 면 좋겠습니다.

새로운 잎을 대지 위에
희망처럼 생기를 쏟아
모든 이에 가슴 하나하나
희망의 잎
희망의 꽃
희망의 물결로
모두 이어지도록

많이 아파하는 이들에게
씻어 버리는 듯 새롭게
새로운 희망으로 바뀌어
모든 가슴에
기쁨을 안겨주는
봄이 면 좋겠습니다.

그대 별 향기 / 김영주

별 향기가 난다
가슴 뭉클한
슬픈 별 향기가
내 마음속 가장 깊숙한 곳에
자리 잡은
작은 아픔까지도
찾아내는 별 향기가

별 향기가 난다
눈물 빛 나는
아름다운 별 향기가
내 삶의 마지막 페이지까지
곱게 내 마음에 담아
장식해 줄 수 있는
별 향기가

별 향기가 난다
그대에게서
풍겨오는 그 향기
새벽 안개처럼 가만히 내려앉아
나의 가슴에서 흩어지는 그 향기
바로 그리운
임의 향기 담은
별 향기가

시인 **김이진** 편

♣ 목차

♪ 시낭송 QR 코드
제 목 : 기도
시낭송 : 박순애

김이진 시집
"수채화로 물들인 사랑"

프로필

시인 / 시낭송가 / 마라토너

〈저서〉
시집 "수채화로 물들인 사랑"

한울문학 시 부문으로 등단(2005)
한국문인협회 정회원
대한문인협회 정회원(전 강원지회장 역임)
한국문인협회 영월지부 부회장
유니세프한국위원회 정회원
사랑의 장기기증운동본부 정회원
한국문화 예술인 금상(2015)
한국문학 올해의 작가상(2016)

기도 / 김이진

봄날에는
포근하고 따뜻한
사랑만 했으면 좋겠습니다

욕심이라
말해도 괜찮습니다
아프지만 않았으면 좋겠습니다

지난겨울
그 시리고 아픈 가슴
다 내려놓고 베란다 창으로 들어오는
예쁜 햇살 한 줌 가슴에 품고 싶습니다

누군가
가슴이 시린 사람에게

누군가
그리움으로
눈물 흘리는 사람에게

햇살 한 줌
예쁘게 포장해서
지나는 바람 편에 부치고 싶음입니다.

김이진 시인

그놈의 정 때문에 / 김이진

사소한 말싸움
출근길 말 한마디 없이
그녀를 사무실 앞에 내려주고
인사도 없이 액셀을 힘차게 밟는다

그래 이제부터는
꼭 필요한 말만 해야지
예, 아니오
단답형으로 말해야지

하루해가 너무나 길다
바람도 어디론가 숨었나 보다
답답함에 숨통이 멎을 것 같다

종일토록
핸드폰을 만지작거리다
내 사랑에게 신호를 보낸다

여보!
퇴근 몇 시에 하는 거야
우리 오랜만에 드라이브 갈까…….

詩集을 보냈다 / 김이진

시집
수채화로 물들인 사랑
내 이름 석 자 예쁘게 적어
빨간 우체통이 보이는 우체국으로 달려갔다

어디서부터
따라 왔음일까
겨울 햇살이 나를 따라
우체국 안으로 들어왔다

난
아무도 몰래
그 햇살 한 줌 담아
시집 갈피에 숨겼다

그리고
누가 볼세라
빠른 등기로 보냈다

오늘 아침
시집을 잘 받았다는 문자를 받았다
가슴이 너무 따뜻하고 행복하다고……

김이진 시인

시 쓰는 여자 / 김이진

삶에 지친 언어들이
시장 좌판에 널브러져 있다

요리가 취미인 그녀는
조금 싱싱한 놈들을 골라
예쁜 보자기에 담아 발길을 옮긴다

자연에서 채취한
신선한 양념에다
골고루 버무려 혼을 불어 넣는다

자연의 속삭임일까
아름다운 언어들이 하나, 둘
새로운 생명의 아침을 맞는다

들꽃을
닮은 여자는
향이 좋은 꽃차를 준비한다

날마다
시를 읽어 주는
멋진 남자의 목소리를 기다리며…….

하얀 그리움 / 김이진

따뜻한
마음 하나
당신에게 주고 싶다

이 밤은
꼭 그러고 싶다

밤이
지새도록
날다 지쳐서
어딘가에 흩어져도

이 밤이
하얗게 물들 때까지
아무도 가지 않은 그 길 위에
내 뜨거운 심장을 꺼내놓고 싶다.

김이진 시인

사랑보다 진한 정 / 김이진

수채화
물감냄새가
그리움일까

얼굴을
어루만지며
아름답게 사랑하고
힘차게 달리라 한다

그녀의
투박한 입술이
사내의 입술을 훔친다

수채화 물방울이
뚝뚝 떨어지는 아침에…….

땀방울의 의미 / 김이진

초록물결이다
포도밭 숲길에
향기바람 일렁인다

수줍음일까
초록 알갱이들
하얀 봉지 속으로 숨는다

철사에 찔린 손가락
하얀 봉지 위에다
또 하나의 수채화를 그린다

그들이 흘린 땀방울
오늘 우리에게 주어진 시간
얼마나 소중하고 기쁘고 감사함인가

땅의 숨결이다
자연의 숨결이다
서강의 강 언덕에
뜨거운 사랑이 톡톡 터진다.

김이진 시인

여유 / 김이진

굵은 땀방울 흘리며
앞만 보고 달려온 숨 가쁜 시간들
잠시나마 쉼 할 수 있는 마음의 여유

그래서 난
이 가을이 참으로 좋다

가끔은 고독을
즐길 줄 아는 사람이고 싶지만
그 고독에 노예가 되고 싶지는 않다

숲길을 걸으며
맑고 파란 하늘을 보라
가슴의 창으로 스치는 풍경을 보라

하루를 여는 아침
사무실 창으로 살포시 찾아온
향기바람 얼마나 상큼하고 사랑스러운가

난 이 가을을
마음껏 포옹하며 사랑하리라

메마른 내 가슴에
수채화로 물들인 사랑으로 흠뻑 적시리라.

태양의 노래 / 김이진

어느
뜨거운 여름날

그녀는
초록의
숨결로 다가왔다

아이스 아메리카노
그녀의 상큼한 마음이
얼음조각 위에서 춤추고 있다

산다는 것
바쁘다는 것
행복하다는 것
내가 만들어가는 그림이다

목선을 타고
흐르는 굵은 땀방울

뜨거운 숨결이
심장 박동을 멈추게 할지라도
나는 거기에 우뚝 서 있을 것이다

태양의 노래를 부르면서…….

김이진 시인

낙엽으로 편지 쓰는 남자 / 김이진

가슴 속
서랍에 접어둔
그리움의 조각들
바람에 꿈틀거리고 있다

꽃잎 하나 따서
그녀의 이름을 새기고

수채화 톤으로 물들인
낙엽 친구들 불러놓고
사랑해 보고 싶다 말했다

참으로 유치하다
조금 유치하면 어떤가

내 마음
아직도 문학 소년처럼
촉촉하게 젖어 있는 것을

아침 속으로 그녀가 걸어온다
그녀를 닮은 꽃내음이 진동을 한다
은은한 차 향기에 가슴을 내어준다.

시인 **김태윤** 편

♣ 목차

♫ 시낭송 QR 코드
제 목 : 내 사랑 당신
시낭송 : 박태임

프로필

대구 거주
대한문학세계 시 부문 등단
(사)창작문학예술인협의회 회원
대한문인협회 대구경북지회 정회원
대한문인협회 금주의 시 선정(2017년 10월 2주)
대한문인협회 낭송시 선정

김태윤 시인

내 사랑 당신 / 김태윤

내 입가에서 사라졌던 미소들이
당신으로 인해 다시 모여들고
가득한 수심은 당신이 내 맘에 옴으로
이제 곱게 아물어 듭니다

창가에 햇살이 외로워 보이더니
이젠 더없이 맑고 따스하기만 합니다.
가을은 그렇게 나에게 가혹했지만
내 안에 있는 당신을 느낀 후
다시 평안해집니다

신비로운 내 흥얼거림은
모가지를 꺾던 절규를 몰아내고
당신 품속에 내 영혼을 숨깁니다

사랑을 찾아 헤맨
수많은 고통의 시간이
기쁨이 되는 것은
당신이 지금 내 곁에 있기 때문입니다

그리움에 사무쳐 부르는
내 안의 당신.

사랑비 / 김태윤

여름 이별의
툇마루에 앉아
빗소리를 듣는다

주르륵주르륵
하늘에서 흘러내리는
사랑의 방언

보라
저 무수한 초목들이
사랑 없이 살 수 없듯
비를 받아들이는 모습

비는 언제나 질서를
무시한 적이 없는 사랑을 한다

일찍 가겠다고
먼저 서두른 녀석도 없거니와

떠나겠다고
이별을 말한 적도 없다

또 서로 간의 충돌도 없다
언제나 간격을 유지하며
제 위치를 지킨다

바람에 휘청일 때도
서로를 잡고 휘청이며

햇볕이 쏟아질 때도
마른 눈물을 삭이면서
서로를 놓지 않는다

허공의 굴곡진 사선과
콕 찔러오는
가시광선의 아픔도 사랑이라며
바람을 타고
사뿐히 내려앉는다

어디엔
넘치게 부지런한 비였으나
또 어디엔 게으른
사랑비가 오고 있다.

김태윤 시인

당신 생각 / 김태윤

바람에도 그을린다는
계절을 제치고
날이 선 여름 불볕더위를
달랑 밀짚모자 하나와
막걸리 한 병으로
맞서던 아버지

어느 저문 들녘
나락이 익을 무렵에
논에 나가셔서
한쪽 폐의 거친 숨소리로 도구를 치시던
그때가 가을이었습니다

약주 하시던 날에는
그렇게도 쩌렁쩌렁하시던 목소리도
내 생의 한 번의 큰 실수로
내 삶이 곤두박질칠 때는
한 마디의 책망도 없으셨습니다

서산에 눈을 반쯤 감은해
저녁노을이 암사받게 비치며
옥이 누나 집 감나무에 걸려
머뭇거리던 사이

우체국 앞 자판기에서
팔순이 훌쩍 넘은 아버지의
뜨거운 커피 한 잔
손을 떨며 나에게 건네셨던
그때, 그때도 가을이었습니다

오늘은 당신 생각에
혼자 막걸리 한 잔 부어 봅니다
막걸리병에서 콸콸한
당신 목소리가 흘러나와
투박스러운 잔에
가득 흘러넘칩니다
가을은 아버지, 당신이
유난히 그립습니다.

암사받다 : 티끌 하나없이 깨끗하게 된 모양새. 원래 뜻은 우리말 '갈무리'입니다

도구 : 물골(물이 흘러 빠져나가는 작은 도랑)

가을 愛 / 김태윤

쓸쓸함이 가을 햇살에 묻어져
저 들녘에도 저 산에도 나무 위에도
풀 같은 여린 사람의 가슴에도
내리쬐어 온다

사랑의 몸살 앓던 젊은 날들을 태우려
서로의 영혼을 부벼 대는 갈대를 보아라
긴 겨울을 손잡고 함께 걷자던
그 곱던 사랑의 서약을 바람에 얹어
봄이 올 때까지 목이 쉬도록 울어대는
그 푸른 밀어들을 기억하는가

아~ 비린 사랑아
너는 어디에서,
여물어가는 이 가을
어느 언저리에서
너는 무엇으로, 무슨 모양으로
가을의 전설을 기억할 터인가
푸른 잎새에 메어 두었던
맹서 없는 청춘이
낙엽 되어 흩어지는 이 가을에.

김태윤 시인

사랑 / 김태윤

어찌 알았겠는가
삶이 목적이 아니라
죽음이 목적인 것을
죽어 가는 것을 사랑한다는 말
조금은 알 것 같다
기다림은 기다림 그 자체로
만족이 채워지는 것은
설레임 때문이다

그 설레임 하나만으로
생명이 다하기를 수 천 년,
한 번 생각해보라
죽어야 별이 되는 거대한 운명을
나는 얼마나 슬퍼하고
또 얼마나 괴로워하며
끝내 곁에 둘 수 없음에
울부짖고 애타게 목말라 했던가

숱한 기도와 묵상들이
신이 듣지 않는
허공의 쳐진 귀퉁이 끝에
처박혀 있었을 것을
가파른 세월,
겨우내 몸을 움츠리며
한껏 꽃을 피워 보겠다는
한 젊은 청춘을
절망이 아닌, 희망을
심어주어야 하는 고통 정도는
신도 배려해 두신 것이겠지

그렇다,
메시아를 묶어두는 일이 희망이 아니라
그를 죽게 두는 것이
희망이었던 것처럼
눈물에 익숙지 않은 신이
자신의 외아들을
죽음의 길로 몰 수밖에 없었던
처절하고 가슴 아픈 사랑을 생각해보라

이제 비로소 알 것 같다
하나님의 그 크신 사랑을.

달맞이꽃 / 김태윤

고운 임 그리워
닳고 닳아진 밤이면
시기로 부서진 서러운 별빛

짓궂은 운무 길게 목 늘이고
찬바람에 척추 휘어지고
천 근 비에 몸살 앓던 밤

노오란 살점 떨어져 파닥여도
너의 미소, 너의 몸짓에
굽은 등뼈 다시 편다

달빛 맑은 밤
감춰둔 사랑
허물없는 밤이면
석류 입 터진 밀어들

오직
너만 기다린다
찬 서리에도 목숨은 타는 불.

김태윤 시인

뉴턴의 법칙 / 김태윤

사과나무에서 떨어지는 사과를 보고
뉴턴은 만유인력의 법칙을 알아냈다
중력의 힘은 과학에서만
존재하는 것만은 아니다
실팍한 줄기에서 갓 피어난 꽃잎이
봄비를 빨아들이는 힘
꽃잎의 그리움이 저 멀리
하늘에 있는 비를 연모했기에
비가 다가갔던 이유도 그것이다

당신이 나를 사랑하는 것,
내가 당신에게 끌릴 수밖에 없는 이유에도
뉴턴의 법칙이 있었다
하나님께서 나를 이끄시는 힘
내가 하나님께로 다가설 수밖에 없는 까닭도
지구가 태양을 중심으로 도는 것 이상으로
조물주의 섭리가 작용하고 있기 때문인 것이다
중력의 힘은 내 마음에도
작용하고 있었던 것이다
그것이 믿음이다.

낙엽 / 김태윤

어슬렁거리던 바람이
목숨처럼 붙어있는
잎새에 닿으면
눈물처럼 슬피 떨어진다

하나씩 하나씩 벗을 때마다
여인의 수줍은 살결 같은 몸을
뽀얗게 드러내는 나목

바람의 심장 소리 거칠고
먼 산에 누운 저녁해
아쉬운 듯 눈을 감는다

어둠의 커튼 드리우고
나누는 사랑 사이로
훌훌 풀어 던진 옷들이
빼곡히 쌓인다.

김태윤 시인

기다림 / 김태윤

아무런 생각 없이 하루를 걸었다
텅 빈 나뭇가지에
안쓰러운 한숨 같은 나뭇잎 하나
존재는 잊은 지 오랜 묵상

시간은 과거를 재촉하고
현실과 과거, 왔다가 사라짐의 반복
현실은 끝도 없이 내게 오지만
나는 끝도 없이 과거만 만들어 낸다

오늘도 오지 않을
너를 기다리며
과거와 현실, 두 현에서
목을 뺀 그리움만 휘어진다.

예배 / 김태윤

숱한 날을 그리움으로 가득 채우고 나서도
나는 또 당신이 그립습니다
내 기억 속에서 당신이 없다는 것은
가장 큰 불행일 것입니다

돌아오지 않는 메아리를 기다리며
오늘도 종일 서운한 목마름은
단비처럼 내 가슴에
당신 목소리로 적시고야
난 또 하루를 기쁨으로 닫을 수 있었답니다

내 숨이 할딱이는 날까지
나는 당신을 사랑할 수밖에
없는 듯 싶습니다
서리처럼 영혼의 새벽을 깨우는
내 고운 당신
도마 같은 의심으로 살아도
미치도록 사랑합니다.

시인 **김혜정** 편

♪ 시낭송 QR 코드
제 목 : 부르고 싶은 이름
시낭송 : 최명자

김혜정 시집

"어떤 모퉁이를 돌다" "먼, 그래서 더 먼"

프로필

경상남도 사천 출생
대한문학세계 시 부문 등단
(사)창작문학예술인협의회 이사
대한문인협회 서울인천지회 부지회장
한국문인협회 회원
대한창작문예대학 6기 졸업
문예창작지도자 자격 취득
대한시낭송가협회 제6기 시낭송 수료

〈수상〉
2011년 제3회 미당 서정주
　　　　　　시회문학상 수상
한비문학상 시부분 대상
한국문학비평가협회 문학상 수상

한국문학 우수 작품상 수상
대한창작문예대학 졸업 작품
　　　　　　경연대회 대상

〈개인 저서〉
제 1시집 "어떤 모퉁이를 돌다"
제 2시집 "먼, 그래서 더 먼"

〈공저〉
"유화에 시의 영혼을 담다"
서울인천지회 "들꽃처럼1,2,3" 동인
"동반의 여정"외 다수

별 / 김혜정

꽃에서
당신의 얼굴을 본다.

환한 빛의 생동을
하늘빛 속에 묻으면
당신은 별이 되어
내 가슴에 흐르고

당신 눈 속에 스민
온화한 빛은
내 어둠 속에서
꽃의 미소로 기지개를 켠다.

김혜정 시인

별(2) / 김혜정

어스름한 길모퉁이
홀로 앉아 있는
어둠의 쓸쓸한 가슴을
다정스레 어루만지는
별빛이 있다

낮게 불어오는 미풍
외로운 가슴 어루만지는
따뜻한 손길에 그리운 사람의
사랑이 다정하게 들려 있다

뉘라서 그 사랑을 알까
오랫동안 남몰래 품었던 연정
수많은 세월이 흐른 후
서로의 가슴에 별이 되어
빛나고 있음을.

강물의 고백 / 김혜정

어둠이 잘게 부서져 내리는 밤
가녀린 빗줄기에 묻힌 적막함이
나를 창밖으로 불러냅니다

마음은 창밖으로 던져두고
은은하면서도 깔끔한 맛을 우려낸
목련 차 한 잔 들고 창가에 서서
가로등 불빛과 아련한 시선으로 마주합니다

문득,
그 어떤 한 사람의 모습이 떠오릅니다
저 어둠 속 빗줄기를 타고
슬금슬금 묻혀오는 낯설은 고백 하나

빗물은 흐르고 흘러 강물이 되어
바다로 흐르고 그 바다는
다시 강물이 되어 내 마음속에 들어와
사랑한다 고백합니다

김혜정 시인

별빛사랑 / 김혜정

진줏빛 어둠이 창문을 타고
내 가슴 속으로 스멀스멀 건너와
하얀 별 하나 낳을 제

비단실 같은 그리움
한 올 한 올 풀어
어둠 껴안은 바람에 묶어
그대 계신 하늘 창가에 보내면
안개 가득한 슬픔
밝고 따스한 빛으로 품어줄까요

주홍빛 습기 찬 거리 헤 메이는
꿈의 파편처럼 소멸되지 않을
영원한 별빛사랑으로.

부르고 싶은 이름 / 김혜정

창가에 스며오는 햇살 한 줌 떠서
내 마음의 책갈피에
아무도 모르게 그리움이라 적어
부르고 싶은 이름 하나 있습니다.

길가에 떨어진 노란 은행잎이
내 그리움 되어 가슴에 새겨진
가을날 못 다 부른 사랑의 노래
숨어 있는 아픈 이름일지라도
그 이름 내 가슴에 가을빛으로 적어
부르고 싶은 이름 하나 있습니다.

먼 시간 지나
내 가슴에 멍울진
슬픈 이름으로 남는다 하여도
지금 이 순간만큼은 내 곁에 머무는
아름다운 향기로 보듬어
부르고 싶은 이름 하나 있습니다.

내 하루의 삶 속엔 / 김혜정

긴 하루의 시간 속에
당신을 가슴 속에 채우지 않고는
내 삶을 엮어 낼 수가 없습니다.

온 밤을 별빛처럼 스며오는
그리움을 껴안고 하얗게 지새우고도
당신을 내 마음에서 놓을 수 없는 건
어느새 폐 속 깊숙이 머물러
나의 분신이 되어 있는 당신이기 때문일 것입니다.

긴 밤의 여정 달려온 영롱한 이슬방울
주홍빛 햇살을 불러 창가에 내려놓으면
새벽길 밟으며 소슬바람 아침 되어
내 마음의 창가로 들어서는 당신
낯익은 미소로 나를 어루만지는 손길에
따스한 사랑이 넘칩니다.

소슬바람 아침으로 내 하루를 연 당신
내 마음 걸어가는 길목마다
촛불처럼 깊은 사랑으로 행복 놓아주는 당신
내 하루를 갈무리 하는 분지 위에
무지개다리 놓아 기쁨으로 앉아 계십니다.

인연 / 김혜정

아름다운 꽃잎 위에 새긴 인연
우리라는 줄기를 세우고
믿음으로 잔잔한 뿌리를 내려
한 떨기 꽃으로 완성되는 사랑이여

하늘 아래 운명으로 주어진
꼬리표를 달고
하나 된 삶의 노래 뜨겁게 부르며
숙명처럼 살아가는 우리

가슴 아픈 고통과 슬픔도
함께 나누며 걸어가는
진실한 믿음의 사랑이 있기에
견디어 낼 수 있는 것이리라

한 세상 두 손 마주 잡고
내일의 아름다운 삶을 위해
하얀 웃음 담으며
백합 같은 순결한 노래 부르리라.

김혜정 시인

내 인생의 사계절 앞에서 / 김혜정

가슴 시리도록 붉게 타오르는
핏빛 노을을 손에 쥔 어둠은
적막함으로 별들을 불러 모은다

어디에선가 서늘한 기운으로
내 앞에 다가서는 것
낯설지 않은 그리움의 바람인가

까만 하늘 별들의
광활한 몸짓으로도 달래지 못하는
빛의 처연한 그리움을 그대도 알고 있겠지

내 인생의 사계절이 가리키고 있는
오후 세시 오십사 분의 초침 소리 들으며
나는 그대 안으로 뚜벅뚜벅 걸어가고 있다.

그대를 위한 나의 노래 / 김혜정

그대가 있어
웃음이 가득하고
즐거움이 넘치는 날들
그대 하나로 가슴을 채워 가는
기쁨이 있음에 감사한다

그대 또한 나로 인해
늘 웃음이 넘치고
행복의 보금자리 만들어 가는
소중한 날들이 되기를 바라며
오늘도 그대를 위한
사랑의 발라드를 연주한다

언제 어디서나
서로를 생각하고 아끼는 마음
은빛 사랑으로 빛나고
저녁노을 붉게 물들어 가는
찬란한 시간 속에
소중한 우리의 행복을 담는다

김혜정 시인

숙명 / 김혜정

저만치 인연이 지나간 길 위에
낯설지 않은 인연 하나 사랑으로 다가와
한 세월을 함께 살아가자고
가만가만 멍든 가슴을 어루만집니다

평생 마르지 않을 것 같은 눈물로
허망한 가슴을 부여잡은 삶은
떨림 속에 고개 숙인
여린 어깨를 감싸 안습니다

억겁의 세월 끝에 앉아
애틋한 몸짓으로 부르는 노래
핏빛 노을이 찌릿한 아픔으로 번져도
이제는 낯설지 않은 길에 핀
섧지 않은 꽃이었으면 좋겠습니다

시인 **김희선** 편

♣ 목차

🎵 시낭송 QR 코드
제 목 : 동백꽃 사랑
시낭송 : 김락호

프로필

부산 거주
대한문학세계 시 부문 등단
(사)창작문학예술인협의회 회원
대한문인협회 부산지회 지회장(현)

〈수상〉
2015년, 2017년 금주의 시 선정
2015년, 2017년
    순우리말 글짓기 전국 공모전 은상
2015년 올해의 시인상
2016년, 2017년 전국 시화 전시회 출품
2016년, 2017년 금주의 좋은 시 선정

2017년 한 줄 시 짓기 전국 공모전 장려상
현대시를 대표하는
    "명인명시 특선시인선" 선정(3회)

〈공저〉
대한문인협회 부산경남지회 동인지
        창간호 〈낙동강 갈대바람〉
특별 초대 시인 시화 작품집
        〈유화에 시의 영혼을 담다〉
2016년~2018년 〈명인명시 특선시인선〉

김희선 시인

인연의 꽃 / 김희선

연둣빛 원피스를 입고
넓은 세상 속으로
첫발을 내디디던 날

새하얀 찔레꽃 같은
환한 웃음이
걸어둔 빗장 틈새를 비집고
가슴안으로 안겨들었다

끊어내지 못한 꿈은
현실의 벽에 갇혀버리고
초점 잃은 청춘의 꽃은
하염없이 스러져갔다

뜨거운 여름날에도
시린 손발
그대 가슴속에 묻고서야
비로소 단잠을 잘 수 있었다

사시사철 푸른 잎으로
내 곁을 지켜준
그대, 고마워요

사랑으로 가는 길 / 김희선

지구상에도 존재하지 않는
사차원의 세상 속으로
빨려들 듯
줄기차게 달리던 마음은
심한 열병을 앓고

지나친 집착은
사랑의 변종처럼 자신을
옭아매기도 하지만
사랑만으로 살아내야 했던
그런 날들이 있었다

사랑으로 가는 길은
나를 온전히 버리고서야
비로소 갈 수 있음을

김희선 시인

이 봄날에 / 김희선

깊숙이 가려진 속살을
온전히 드러내고 나서야
비로소 가벼워지는 삶

황홀했던 기억은 아닐지라도
무심한 세월에 깎여
낡아진 추억일지라도

그대 영혼의 갈피마다
연둣빛 속삭임으로 머무는
소중한 행복이고 싶습니다

이 봄날에

추억의 길 / 김희선

떠나온 시간들이
가슴안에서 물그림자처럼
잔잔하게 일렁거린다

나의 빛깔이
너의 빛깔에 물들어
짙어갈 즈음에

가을이 떠나고
또다시 가을이 찾아오고

안개비 소리 없이 너의
어깨너머로 뿌옇게 흘러내리고

배려 깊은 그 속내
안타까워 속울음 삼키며
가슴 졸여야 했던

아픔으로 더욱 깊어진 삶
추억의 바람이
음악으로 불어온다

김희선 시인

동백꽃 사랑 / 김희선

그대 사랑하는 일이
속절없는 기다림인 줄 알지요

가을이 머물다 간
쓸쓸한 바닷가
따뜻함이 간절해서
뜨거운 핏빛으로 피었습니다

찬 서리에 살갗이 터지고
매서운 칼바람에 뼈가 깎여도

가늘어진 목이 부러져
차가운 바닥으로
추락하는 절망일지라도

그대 오시는 그 날까지
더 붉게 피어나겠습니다

그리움의 비 / 김희선

머리와 가슴이 가까워지면
그리움의 비가 내린다

먼 숲 어디쯤에서부터 젖어
이제야 왔을까

긴 기다림에 타는 목마름은
스스로 깊은 강물을 만들고

소심해진 마음은
달이 찰 때마다 물빛으로 흐른다

갈라 터진 가슴팍은
다 젖지도 못한 채
흘러가 버린 아쉬움이 되고

마른 풀잎으로 드러누운
그리움의 촉수들을
눈물 빛깔로 적신다

김희선 시인

나팔꽃 사랑 / 김희선

반나절 잠깐
짧은 사랑이라고
비웃지 마세요

늘 그 자리에서
피고 지는
당신 바라기랍니다

칠흑 같은 어둠의 벽을
떠도는 바람처럼 할퀴다가

새벽 여명보다 먼저
아침을 깨우고

피멍 든 손끝으로 그려낸
애절한 사연

질긴 믿음의 줄기로
단단하게 지켜내는
고결한 사랑입니다

상처 / 김희선

늘 내가 아프다고
비명을 질러댔다

보이는 상처보다
보일 수 없는 상처가
더 깊다는 걸

그 상처가 곪아 터져
밖으로 흘러나오고 나서야
알게 되었다

당신 아픈 줄 몰랐다

언제나
나만 아픈 줄 알았다

김희선 시인

첫사랑 / 김희선

아스라이 멀어져간
그대 기억 속에
지금도 내가 있는가요

버리지 못한 미련은
지킬 수 없었던
언약 때문이었다고
굳이 변명하진 않겠어요

진정한 사랑은
믿음의 뿌리에서 피어나는
단 한 송이 꽃이랍니다

가을 노래 / 김희선

건조한 침묵 속
어디선가 날아든
맑은 음표 하나

아! 가을

그 이름만으로도
가슴 설렌 행복

내 삶의 언저리에는
늘 쓸쓸한 빈터 하나
휑하니 남아

갈대의 울음 섞인
갈라진 바람 소리도
애잔한 기다림
들꽃의 여린 숨결도

더는 사랑할 수 없는
계절이어도

멈출 수 없는 노래

추억은 와인처럼
오래 묵을수록
그 향기도 짙어진다

시인 **김희영** 편

♪ 시낭송 QR 코드
제 목 : 목련꽃 그늘
시낭송 : 김지원

김희영 시집
"시간 속에 갇힌 여백"

시작노트

어두움을
달리는 밤기차는
간이역에
추억을 내리고
지나치는
차창 밖의 시간은
돌아갈 수 없는
그리움이 됩니다.

열정 / 김희영

싸늘하게 굳어버린
얼음 조각처럼
밤새 불씨 하나 없이 싸늘한
냉가슴은 칼바람이다

갈피 잡지 못하는 마음
종이 위를 서성이고
창백한 무기력만이 애만 태우는
밤의 고독은
펜 끝에 시리다

타오르지 않는 불꽃은
홍역의 열꽃이라도 그리운데
밤새 속 타는 커피 향은
펜 끝에 춤추고

컴컴한 어둠이 지나야
태양이 떠오르듯
절망이 있어야 피어오르는
뜨거운 희망

시리도록 비어있는 흰 종이에
잊었던 그리움 하나
점을 찍는다

거세게 이는 바람에도
스러지지 않는 열정
밤새 하얀 종이 위에
까맣게 불타오른다

김희영 시인

가을 길 / 김희영

문득 생각나서
가을 길을 나서본다
항상 그 어디쯤
있을 것이라고
생각하며
낙엽 비 쏟아지는
거리를 걷고 있다

그르다 가끔
생각나는 곳에 들려
그가 들려주든
하이든의 이야기와
휘파람 섞인 고운 노래
따스한 국화차
산길 따라 맴돈다

산새 소리 청아하게
들을 수 있고
따뜻한 팔로
감싸주든 그는
추억 담긴 속으로
몰아가고 싶은 순간

구불구불 이어지는
산길 따라
햇살이 뉘엿뉘엿 지는
석양의 길모퉁이를 돌면
봄 향기 가득 품은
그가 있었으면 좋겠다

어머니와 장미 / 김희영

넝쿨 장미가
흐드러지게 핀 고향집
나뭇가지에 흔들리는 바람은
장미의 향기 전하는 오월이건만
내 마음은
포근한 온기 사라진 북풍한설이다.

환한 미소로
반겨주던 고운 님은
간 곳 없고
주인 잃은 장미만이
울 밑에서
뜰 안에서
슬픈 향기로 눈물 적시운다

따스한 손길 없이
산발하게 피어나는 꽃은
서슬 퍼런 가시로 무장하고
화려한 빛깔에 숨긴 슬픔은
처연히 오월 하늘에
미소로 번지는데

화려한 것은
부러지기 쉽고
무너지기 쉽고
사라지기 쉽기에
가시 같은
앙칼짐을 숨기고 살아야 한다며
머리를 쓰다듬던
어머니의 손길은
오월 햇살 속에
잔인한 그리움으로 남아
심호흡 마디마디에 젖어든다.

김희영 시인

목련꽃 그늘 / 김희영

사월 어느 날
가슴에 파고드는 바람으로 와서
꽃향기 품고 떠나버린 사람.

지친 그리움으로
하얀 미소 벙글어진
목련꽃 그늘에 앉아
휘파람 소리를 듣는다.

눈을 감으면
볼에 닿는 따뜻한 온기는
바람의 연정 이런가
그대의 젖은 웃음 이런가
공허함에 슬픈 약속 이런가

문득 올려다본 하늘엔
그리움의 얼굴인 양
파르란 웃음 머금은 꽃잎 하나
사월 봄 여울로 떨어진다

그리운 어머니 / 김희영

희뿌연 먼동이 터
오르기 전
아침을 부르는 닭 울음에
솥뚜껑이 열리는
어머니의 아침은
청솔개비 연기로
손놀림은 분주하고

희뿌연 햇살 머금은
아침 사이로
어머니의 호미는
보리밭 두렁을 오가며
고단한 춤사위로 하루를 연다.

두렁과 이랑을 오가는
바쁜 손놀림
풀 멍이 든 손가락 사이로
한숨 소리 잦아들고
세월의 모퉁이마다
서성이는 바람 소리
일렁이는 보리밭 사이로
출렁이는 어머니의 땀방울들

보리밭도
땀방울도
시간의 칼날에 조각나고
어머니의 고단함만이
바람의 품에 안겨
내 가슴을 서성인다

김희영 시인

라일락의 추억 / 김희영

라일락 향기를 베어 문 하늘은
푸르다 못해 시린
연보라 향기로 가득 차 있다.
하나인 듯 하지만 여럿이고
여럿인 듯 하지만 하나인
꽃송이뭉치 라일락에
나 아닌 또 다른 나였던
그의 향기가 가슴으로 스며든다

아찔한 라일락 향은
교실의 풍금 선율을 나르고
바람은 그의 향을 나르는
나른한 5월의 교정
하늘보다 더 맑은 눈을 가진
그의 손엔
따뜻한 햇살
찌를듯한 향기
모두 품어 안은 따뜻함이
한 움큼 쥐어져 있다

공원 벤치에
라일락 향기가 서성인다
발끝에서 올라오는 향기의 전율은
피아노 선율을 끌어안고
그날의 푸른 교정으로 줄달음친다

라일락은 지천인데
하나인 듯 둘이었던
그리움만 내 발걸음 밑에서 서성인다

김희영 시인

여름 날 원두막 풍경 / 김희영

팔월의 태양은 솔바람이
산등성이에서 내려와
원두막에 한줄기 시원한
바람으로 문안한다

호기(豪氣) 많은 아이들
살금살금 어둠을 이고
수박밭으로 기어들면
촌부는 헛기침으로 호령하고
들킬세라 뒤집어쓴 수박 껍질
촌부 입가에
유년의 추억으로 줄달음친다

짓이겨진 수박 넝쿨
뜯겨나간 넝쿨
채 여물지 않은 수박이
밭고랑에 널브러진 풍경에
망연자실 내리쉰 한숨은   간밤에 된서리 맞고
산들바람 되어 원두막에 머물고   넝쿨 채 시들어 버린
발갛게 익은 수박 손에 쥔 채   수박 줄기를 걷어내던
아버지 무릎에 누워   촌부의 손마디에
시원한 풍경이 되어버린   그날의 추억이 주름으로
어느 해 여름날의 원두막   남아 있다

꽃사슴 / 김희영

금관가야 왕관 같은
뿔의 우아함
권위를 뽐내며 황금빛
미래를 꿈꾸는 자태

먼 길모퉁이 돌아오는
산기슭에 시선이 머물고
두고 온 정인을 기다림인가
그리움 쌓인 눈망울이다

깨끗한 청초와 맑은 물 먹은
선한 마음 그대로
두 눈에 나타난
겁이 많은 표정

약속이라도 한 듯
무리 지어 다니며
귀를 쫑긋 세워
먼 데 소리 감지하고
위험을 방어하는
행동이 빠르다

마음이 유순하여
평화로움 그 자체라
울적하고 괴로울 때
보기만 해도
털의 부드러운 감촉
융단을 펼쳐놓은 부드러움

칡덩굴 초록 잎으로
목에 머플러 하나 둘러주니
우리 엄마 닮은 표정 같이
선명하게 각인된다

김희영 시인

가을 사랑 / 김희영

파란 가을 하늘 높이
구름 한 조각 떠가고
그 위에 그리움 새긴다

삶의 무게에 짓눌려
창가에 쌓인 먼지만 보다가
저 멀리 흘러가는 구름을 보며
마음을 갈무리해 본다

요란했던 여름날 비지땀 흘리며
초록의 알갱이들 결실을 위해
열심히 준비를 서두른다

가을 들판에 곡식 익어가는 옆에
팔 벌린 허수아비들 하나둘씩
산책 나와 서 있고 고추잠자리
위에서 날쌔게 움직인다

바람이 손짓하는 사이로
코스모스 맑게 한들거리고
발밑에 쌓이는 고운 추억들
가슴 저린 가을 사랑이 익는다

시인 **박순애** 편

♣ 목차

♪ 시낭송 QR 코드

제　목 : 이루지 못한 사랑 이야기
시낭송 : 박영애

프로필

대한문학세계 시 부문 등단
(사)창작문학예술인협의회 회원
대한문인협회 총무국장
대한시낭송가협회 사무국장
문예창작지도자 자격증 취득
시낭송지도자 자격증 취득

〈수상〉
대한문인협회 한국문화예술인 금상
대한문인협회 한 줄 시 공모전 동상
대한문인협회 순우리말 글짓기 금상
대한문인협회 이달의 시인 선정
대한문인협회 금주의 시 외 다수 선정

박순애 시인

이루지 못한 사랑 이야기 / 박순애

꽃무릇 피어오르면 생각나는
슬픈 사랑 이야기

기다란 목 곧추세우며
붉은 치마폭에 싸여 있는
사연을 들어 보라고 손짓한다
남들은 너울너울 춤을 춘다고 하지만
어깨 들썩이며 흐느끼고 있는 것이라고

살며시 흐르는 눈물 감추며
비밀스러운 이야기 들어 보라고 눈짓한다
예쁜 꽃이 향기가 없다고 말하지만
아픈 사랑 때문에 열매를 맺지 못해서라고

어둠이 내리도록 만나지 못해
목에 선 핏발 터트려 붉은 등불 밝히고
울다 울다 지쳐 스러지면
뒤늦게 찾아오는 안타까움

일 년에 한 번 만나는
견우와 직녀보다
더 슬프고 가슴 아픈 사랑

진달래 / 박순애

산등성이에 봄빛 나리면
초록 잎 가슴에 품고
연분홍 사랑으로 젖어 든 그대

설레는 마음으로
산자락마다 붉게 물들였지요

아름다운 사랑 가슴에 새기고
가지마다 그리움 달아
꽃비 되어 날아간 그대

이 봄에도
화사하게 피는 그대는
그리운 사랑입니다

노을 / 박순애

늪에 빠진 아버지를
어머니는 힘겹게 쫓아가셨고
그 뒤를
오라비가 무거운 걸음으로 따랐다

붉은 노을에
하루가 넘어가고
한해마저 서서히 빠져든다.

유혹의 늪은
사랑을 먹고
추억마저 삼키려 한다

비 젖은 은행나무 / 박순애

황금알 떨구며 하늘을 우러르다
찬비에 젖는다

긴긴날 함께 했던 살점
하나둘씩 떠나보내고

앙상한 가지만이 시리다

떠날 것을 안다
보내야 한다는 것도 안다

그저,
정을 나누고 싶었을 뿐인데

지나는 바람이 야속하다

박순애 시인

하얀나무 / 박순애

자작나무의
겨울 노래

가슴 적시는 흐느낌
바람과 호흡하는 감미로움

하얗게 물들이는 상념은
너를 그리워하는 노래이다

온몸으로 퍼지는 선율에
흰옷을 걸친다.

봄바람 / 박순애

입춘 지나
바람. 낯설지 않다

풀리는 강물
일렁인다

보이지 않는 숨결이
나부낀다

힘겹게 피운 꽃잎
파르르

당신의 파동인가
철렁,

박순애 시인

들리지 않는 소리 / 박순애

지금 거신 번호는 없는 번호이니
다시 확인하시고 걸어주시기 바랍니다

떨리는 손으로
또박또박 누른다

다시 들려오는
영혼 없는 소리

손에 익은 사랑이
결번이란다

수화기 저편
당신 목소리 듣고 싶었는데

잡을 수 없는 바람
가슴 뚫고 지난다.

상처 / 박순애

추운 겨울
갑작스러운 이별

차가운 볼에
추억이 흘러내렸다

좋아하는 마음보다
사랑하는 마음이 더 컸다

시간이 흐르고
딱지가 앉으면 아물려나

박순애 시인

아카시아 향기 / 박순애

아카시아 향기 그윽하게
코끝을 간질인다

굽은 등에 매달려
꽃을 피우기가 얼마나 힘들었으면
하얀 몸 겹겹이 드러낼까

온몸에 굵은 가시 박혀가며
진한 향기 만들어
향긋하게 뿜어내면

달콤한 향기 찾아
가슴으로 파고드는 벌에게
단물마저 내어주고 파르르 떤다

애틋한 사랑 남긴 당신
목이 터지고 눈에 핏발이 서도록 불러도
뜨거운 눈물에 하얗게 아롱거릴 뿐

당신 닮은 사랑의 향기
심장 깊은 곳에 담아 놓고
높은 하늘을 우러러본다

갈망 / 박순애

날마다 순간순간마다
당신과 함께하고 싶고
당신의 뜻에 따르고 싶습니다

당신을 향한 갈망이
사랑의 눈이 되고
따뜻한 마음과 손길이 되도록
사랑하며 따르겠습니다

힘들고 지칠 때는
당신의 사랑을 생각하며
견디고 일어서겠습니다

마지막 호흡이 멈출 때까지
당신만을
사랑하고 싶습니다

시인 **박영애** 편

♣ 목차

🎵 시낭송 QR 코드
제 목 : 첫눈 내리던 날
시낭송 : 김락호

프로필

대한문학세계 시 부문 등단
대한창작문예대학 졸업
문예창작지도자, 시낭송지도자 자격증 취득
현) (사)창작문학예술인협의회 이사
현) 대한문인협회 금주의 시 선정위원장
현) 대한시낭송가협회 회장
현) 대한문학세계 편집위원, 심사위원
현) 대한문화예술방송 아트티비
　　　　　'명인명시를 찾아서' MC
현) 동화구연, 시낭송 교육강사,
　　　　　글쓰기 및 논술지도 강사
현) 대한창작문예대학 지도 교수
현) 시낭송 지도자 과정 지도 교수
현) 한 줄 시 공모전,
　　순 우리말 글짓기 전국 공모전 심사위원
현) 2015~ 물 사랑, 보훈의 달
　　　　　글짓기 심사위원

시낭송대회 대상 수상
대한문인협회 한국문화예술인상 수상
대한시낭송가협회 국회의원 특별상 수상

대한문인협회 한국문화예술인 대상
대한문인협회 한 줄 詩 공모전 은상 수상
박경리 전국 시낭송대회 특별상 수상
대한문인협회 한국문학 올해의 시인상 수상
대한문인협회 한국문학 예술인 금상 수상
특별초대 시인 유화 시화전 작품 선정
2014~2017 특별 초대 시화전 선정
2014~2017 "명인명시 특선시인선" 선정
대한문인협회 이달의 시 선정
대한문인협회 금주의 시, 낭송시 다수 선정
〈공저〉
유화에 시의 영혼을 담다 / 우리들의 여백
'명인명시 특선시인선'(2014~2017)
삶이 담긴 프락
〈시낭송 작품집〉
CD 1집 "거울속의 다른 나" (임세훈 시집)
CD 2집 "詩 자연을 읊다."(이서연 시인)
CD 3집 "시 소리로 삶을 치유하다."
　　　　　　　소리로 듣는 멀티 시집
CD 4집 "내 안의 그대 때문에
　　　　　　난 매일 길을 잃는다." (장영길 시집)

첫눈 내리던 날 / 박영애

우연인지 필연인지
처음 연락하던 그때도 그랬다.

아마도 우리의 연결 고리는
일기예보로 시작된 것인지도 모른다.

화창하다가 소낙비가 내리기도 하고
쌩한 칼바람이 불다가도 훈풍으로 다가오고
때로는 천둥 번개가 쳐 가슴을 쓸어내리기도 하지만
그러면서 미운 정 고운 정 엉켜
어느새 마음 깊숙이 모든 것이 녹아들었다.

첫눈 내리는 오늘
무심코 카메라 셔터를 누르면서
잊고 있던 그 설렘의 시간을 담았다.

당신에게 보내던 순수하고 떨리던 첫 마음을.

상혼을 품다 / 박영애

호흡하기조차 힘든
어둠이 잠식해버린 몸뚱어리.

사랑의 굴레에서 벗어나려고 발버둥 칠수록
더욱 선명해지는 기억이
헤어 나올 수 없는 늪으로 빠지게 한다.

차라리 망각의 강을 건너
모든 것을 지울 수 있다면
심장이 타들어 가는 아픔을 잠재울 수 있을까?

깊은 상념은
포식자처럼 영혼을 갉아먹고
육신은 점점 메말라 가게 한다.

멀리 닭 우는 소리와
고통의 밤이 기지개를 켜고 일어난다.

감기 / 박영애

보이지 않게 조금씩 조금씩
감기 바이러스가 녹아들다
한순간에 훅 들어오듯
사랑도 그랬다.

약을 먹어도 소용이 없고
아플 만큼 아픈 시간이 지나고
기다려야 낫는 감기처럼
이별의 아픔도 그랬다.

사랑과 이별은
그렇게 찾아왔다.

또 언제 다가올지 모르는 감기처럼

민들레 날다. / 박영애

흰 이불을 덥고 잠자던
노란 꽃잎이 이불 사이로
얼굴을 내밀었다.

잠에서 깨어난 자그마한 꽃잎은
노란색 꽃도 되고,
하얀 솜사탕도 되다
구름처럼 피어 날린다.

솜털처럼 여린 사랑을
하얀 그리움에 사랑으로
바람이 실어 나르면
내 마음도 덩달아
사랑을 실어 나른다.

아직은 / 박영애

당신이 이 세상 떠나던 날
그 슬픔은 눈이 되어 내리고
내 마음을 얼게 했습니다.

흐르는 시간 속에
내 심장은 멈춘 듯 뛰지 않았고
초점 없는 눈은
먼 허공만 바라보았습니다.

망부석이 되어
흔들림 없이 나만을 바라보고
사랑하겠노라 고백하던 당신

그 사랑을 감당할 수 없어
환한 웃음 대신
당신을 외면하며 아프게 했던 순간들이
한없이 후회스럽습니다.

아직도 나는
당신을 보낼 수 없기에
마지막 가는 길 배웅하지 못하고
가끔,
주인 없는 전화번호에 메시지를 남깁니다.

잘 지내고 계시지요
보고 싶습니다.

박영애 시인

春에게 / 박영애

겨우내 숨겨 두었던
사무친 그리움이
연분홍빛 사랑으로 피어납니다.

혹여나
임 보고픔에 기다리다 지쳐
꽃이 다 진다해도
임 향한 마음은 연초록빛으로
남겨두겠습니다.

그래도 오시지 않는다면
흔들리는 가녀린 마음 꼭 부여잡고
임 그리며 기다리겠습니다.

봄은 또다시 오니까요.

농부, 까치밥주다 / 박영애

들판 위에 곱게 펼쳐져
멋스러움을 자랑하던 벼들도
어느새 바닥에 누워
흰옷으로 단장하면
울긋불긋 익어가는 가을은
겨울을 준비한다.

감나무는 주렁주렁 달고 있던 청춘을
하나, 둘 세월에 떨구며
덩그러니 까치밥만 남긴 채
갈잎에 옷을 갈아입고
일광욕에 취한 곶감으로 내어준다.

농부들의
쉼 없이 움직이는 몸짓 속에
한숨과 웃음이 묻어나는 땀의 열매가
곳간을 채우면
소나무 껍질 같은 농부의 손은
쉬지 않고 누군가를 위해 아궁에 불을 지핀다.

박영애 시인

쇠똥구리의 희망 / 박영애

더러움을 마다하지 않는다,
행복한 웃음을 위한 발걸음
소똥이든
말똥이든
기꺼이 육신이 쇠진할 때까지
운명처럼 동행한다.

앞이 보이지 않아도
나보다 더 큰 행복의 자양분을
고통의 길 위에 굴린다.

깨지기도 하고 버려야 하는 아픔도 있지만
내게 주어진 굴레라 여기며
포기하지 않고 묵묵히 그 길을 간다

더럽다 손가락질 받아도 상관없다.
아이들의 소중한 웃음을 만들고
행복의 울타리를 만들기 위해서라면
이 한 몸 오물로 뒤집어쓴다 해도
피하지 않을 것이다.

오늘도 똥을 굴린다.
오물을 뒤집어쓰고
행복의 문턱을 넘어
아이들의 웃음이 머문 그곳으로 향한다.
그것이 어미의 숙명이기에

華 詩 夢 (화 시 몽) / 박영애

스러지면서
자신을 남김없이 내어 준 너는
햇살을 머금고서야
내게로 왔다

입안 가득 퍼지는 너의 향기가
아침 이슬처럼 흔적을 남길 때
두 손 살포시 모아 받쳐 들고
너를 마신다.

빗방울에 맺혀 내게로 온 너와 함께 한다.
아!
달콤하다.

박영애 시인

파도의 사유 / 박영애

거센 파도처럼 밀려오는 그리움은
견딜 수 없는 아픔이 되어
마음 깊은 곳에 또 하나의 흔적을 남기고
소리 없이 사라진다.

잊을만하면 찾아오는 통증
아프다
보고 싶다
안고 싶다
그냥 바라만 보아도 좋으련만
네가 없는 이곳이 이리도 황량할 줄 몰랐다.

내 사람이어서 행복했다.
그 사람이 다른 사람이 아닌
바로 너라서
그냥 마음 깊은 곳에 담았다.

그 뿌리가
그토록 깊이 박힌 줄 이제야 깨닫는
나는 바보였다.

순간 미치도록 보고 싶어질 때가 있지
지금처럼
그럴 땐 눈물 한 방울 가슴에 담고
그리움으로 꼭꼭 덮어본다.

시인 **박외도** 편

🎵 시낭송 QR 코드
제　목 : 눈꽃 사랑
시낭송 : 박순애

시작노트

　에스라 하우스 노우호 목사님은 아가페 사랑은 통전적 사랑으로 모든 사랑이 다 들어 있다고 하셨다. 아가페는 헬라 인들의 말에서 빌려온 것이지만 실제로 헬라 인들은 이 아가페의 의미를 바르게 인식하지 못한 채 기독교에 이 용어를 인계하고 말았다. 그리고 개역 한글 성경에서는 사랑이라고 번역 되어 있는 말은 헬라어 아가페로 번역한 것이다. 거기에는 형제 사랑, 부부사랑을 가리지 않았다.

　이제 중요한 것은 사람이 그 사랑할 대상에 따라서 아가페, 또는 스토르게, 에로스 혹은 필리아로 표현 되고 있는 점이다. 그러나 개역 한글신약 성경에서는 스토르게나, 에로스, 필리아 그 외 용어들은 아가페 안에 들어있는 사랑의 요소와 같이 다루고 있다. 간음이 배제된 사랑은 아가페의 통전적 사랑 안에 다 들어 있음을 말한다고 노 목사님은 말하고 있다

박외도 시인

커피 사랑 / 박외도

그대가 만약
무슨 생각을 하느냐고 묻는다면
언제나 당신만을
생각한다고 말하겠습니다

그대가 만약
나의 입술을 훔친다면
나는 진하디진한 당신의 향기를
가슴 깊숙이 들여 마시겠습니다

그대가 만약
나의 입과 혀를 자극하여
나의 오감을 깨운다면
나는 당신만을 사랑할 것입니다.

내가 너를 사랑하노라. / 박외도

아무도 모르게 다가왔음 이어
사마리아 여인의
메마른 가슴에 빗물처럼 스미어
청아하고 맑은 가락으로
자신도 모르게 자리한 그대
내가 너를 사랑하노라

피아노의 스타카토 같은 멜로디
떨어지는 빗방울 같은 소리
언제나 가슴 깊숙이
숨길 수 없는 그리움으로
죄 많은 여인의 심혼을 흔드는 소리
내가 너를 사랑하노라

여명이 밝아오는 아침에
햇살 가득한 창문을 열고
깊이 박힌 옹이처럼 숨길 수 없는
심장을 긋는 아픔을 참고
사랑의 향기 가득한 가슴을 열어
주여! 내가 당신을 사랑합니다.

박외도 시인

벌과 나비 / 박외도

꽃잎으로 두른 집
벌 나비는 며칠을 드나들며
열애에 빠졌다
앉았다 날았다 앉았다 날았다

꿀을 빨았다
온몸을 파르르 떨며 열심히 빨았다
날개를 팔랑이며 온몸을 꼼지락
사랑에 빠졌다

얼마나 될까
꿀을 내어주고 희망으로 쌓이는 꽃가루
다리와 몸통에 묻혀
암술과 수술에 비벼댄다

사실 벌과 나비는
꽃을 사랑한다기보다
꿀을 얻는 게 목적이고
암술과 수술의 수정(受精) 도우미

창조주의 손길이 도운다
살 오른 꽃잎이 터지고
경건한 의식이 끝나면
씨방엔 씨앗의 알갱이가 탄생한다

사르르 벌이 날아오른다
나풀나풀 나비가 날아오른다

주님을 향하여 / 박외도

새벽안개 휘감은 산자락
풀 섶에 맺힌 이슬
옷자락 적셔도
주님을 향한 나의 마음은
걸음을 멈출 수 없다.

고요한 새벽
주님을 향한 믿음의 기도
주님의 사랑과
나의 여린 영혼이
한데 어울려 환상의 춤을 춘다.

새벽안개 너울같이 주와 나 휘감을 때
애간장 끓이던 나의 마음
봄 눈 녹듯 녹아 흐르고
시린 마음 아픔으로
사랑의 이치를 깨우친다.

심한 열병 앓고 난 후
기력을 회복함에
주님 향한 믿음으로
조금씩, 영혼을 추스르며
오늘도 주를 향하여 새벽길 오른다.

박외도 시인

아가(雅歌) / 박외도

당신이 찾아 주시는 날엔
날 기억함이라
향기로운 사랑이
진한 포도주보다 더욱 진하여
마른 흙을 뚫고 돋아나
갓 피어난 무리진 백합의 향기입니다

당신이 찾아주시는 날엔
나의 부끄러운 과거마저
기도가 되고 나의 허물이
사마리아 여인의 우물보다
더 맑은 생수 되어
흘러넘치는 기쁨입니다

당신이 찾아주시는 날엔
그윽하고 진한 향기로 나를 감싸고
내 영혼에 불을 지펴
모든 어둠과 절망이 영원히 사라지고
백합보다 더 귀한 영혼을
피워내는 보다 더 큰사랑입니다.

삼월의 사랑 / 박외도

가쁘게 뛰는 심장은
누군가를 향한 사랑

꽃이 피고
열매를 맺을 때까지
두근거리겠지만

속으로 삭여
안으로 새겼더라면
아무도 몰랐을 비밀

아무도 눈치 못 채게
남모르게 피운 사랑

애간장 녹이는
연분홍 치맛바람에
꽃술이 파르르 뜨니

등산객이 눈치를 채고
같이 웃는 삼월

박외도 시인

눈꽃 사랑. / 박외도

눈송이처럼
너에게로 내리고 싶다
너의 머릿결에도
뺨에도 가슴속까지
녹아들고 싶다

너의 심장에까지
이르고 싶다
너의 따스한 체온을 느끼며
혈관을 따라서 온몸에 퍼져
녹아들고 싶다

그냥 네 영혼에
소리 없이 스며들어
네 하얀 영혼에
포근한 겨울로
녹아들고 싶다.

부부(2) / 박외도

살아가면서
서로 동화되어 가는 거겠지
성격도 식성도 취미도
닮아 가는 게 부부런가

겨울 들어 벌써 세 번째
아내가 먼저 감기하고
남편이 뒤따라가길 세 번
병원과 약국을 돌며
감기약을 사다 바치다
남편마저 고뿔이다

함께 앓아
함께 먹는 알약
삼종지도(三從之道)는 아니더라도
여필종부(女必從夫)라는데
우리는 어찌
남필종부(男必從婦)인가
약을 먹다 피식 웃는다

부부는 서로 위하고
손잡아주고 끌어주며
가꾸고 다독이며
서로 보조를 맞추어 가는 거라는
통속적인 얘기 아니더라도
일평생 함께 걷는 반려자.

박외도 시인

눈물로 피워내는 사랑. / 박외도

그대와의 이별은
내 마음에 속절없는
슬픔이요 눈물입니다

잊을 수 없는 사랑
심혼이 끊어지는 통증으로
나도 모르게 허물어짐이여

그대를 향한 사랑은
가장 정결한 눈물이니
헛되이 하지 말아요

잊을 레야 잊을 수 없는 것을
참을 수 없는 예리한 칼날로
단절할 수 있나요

눈물은 심중에서 솟아나는 영롱한 보석
메마른 사막에, 한 송이
예쁜 꽃으로 피워 낼 수 있나니

눈물로 피워내는 사랑은
생명을 피워내는 꽃입니다.

넋이 되어 바람이 되어 / 박외도

내 안에 강한 그리움 있어
임을 향한 끝없는 열망이라

삶의 길목에서 잠시 헤어졌지만
언젠가는 만날 수 있으리니

까막까치 오작교를 건너다
루시퍼가 시기하는 날에

은하수를 지나 하늘에서
끝없이 추락하는 운석이 된다 해도

우리의 사랑이 구름같이 흩어지고
이슬같이 소멸하진 않으리니

임을 향한 일편단심은
구천을 떠도는 넋이 되어

천 갈래 바람이 되어서라도
사랑하는 임의 곁을 맴돌리라.

시인 **박진표** 편

🎵 시낭송 QR 코드
제 목 : 사랑아
시낭송 : 박태임

시작노트

하루하루 순간순간
내 삶은 흐르는 시가 된다
마음의 거울을 닦으며
하루의 삶을 느끼며 배움하고
목이 터져라 나만의 노래를
나는 오늘도 부른다
삶은 이토록 시리도록 아름다운 것일까

천년의 사랑 / 박진표

부모의 사랑
영원한 해바라기

자식의 사랑
설익은 풋과일

서로 닮아가고
서로 배움 하며

그 사랑
맛있게 익는다

그 마음
가슴으로 전해져
천년을 산다

박진표 시인

사랑아 / 박진표

문득
문득
그리움으로
추억으로
설렘으로 다가오는
보고픈 사랑아

가을 낙엽처럼
붉게 물들어
추억에 흩날리고

가끔은
심장을 두드려
뜨겁게 타오르고
화사하게 피어오르는

사랑아
사랑아
그리운 사랑아

사랑아
사랑아
보고픈 사랑아

영원을 사는 꽃 / 박진표

사랑하는 사람은
마음이 따뜻하고

사랑받는 사람은
그리움을 배운다

동토의 땅에도
생명이 속삭이듯

사랑은
사랑은

가슴 속에서
피어나고 미소 짓는
영원을 사는 꽃

박진표 시인

바보 사랑 / 박진표

이유도
의심도
받음도
그 어떤
아무것 없어도
그대 위하여
호흡처럼 그리워하며
짝사랑하는
하늘보다 넓고
바다보다 깊은
자식 바라기
바보가 있습니다
아버지, 어머니
당신께 사랑을 배웁니다
한없이 값없는
넓고 깊은 사랑을

바위 / 박진표

영겁의 세월
버티고 견디어

드넓은 가슴
하늘을 품고
푸르른 산을 담아

이름 모를 산새들
마음껏 노래하고

꽃들과 풀들의
사랑 노래 들린다

침묵의 사랑
고요히 품어
너를
바위라 부른다
세월의 아들아

박진표 시인

하늘의 선물 / 박진표

하늘이
우리에게
가장 값지게
축복해 준
선물이 있습니다

우리들의 마음에
뜨겁게 내려주신
가장
포근하며 따스한 선물
바로 사랑입니다

자연의 가르침 / 박진표

산을 오르면
그 산에서

바다가 그리워
그곳을 찾아가면
푸른 바다에서

하늘을 올려 보면
눈부신 그 하늘에서

당신은
환한 미소로
안아주고 토닥이며

나에게
말없이 사랑을 가르쳐 줍니다

박진표 시인

사계절 사랑 / 박진표

파릇파릇
희망의 새싹
뾰족뾰족 봄

찌는 무더위
오곡백과 살찌우고
씩씩한 온갖 곡식
튼튼하게
여물어가는 여름

길가의 코스모스
예쁜 짱아 고추잠자리
풍성한 잔치
넉넉하게 거두어
축제를 벌이는 가을

하얀 눈
솜이불　　　　　　　자연은 이렇게
포근히 덮고　　　　　말없이 값없이
한 해 정리하여　　　　넓은 가슴으로
새로운 한 해　　　　　한없는 사랑을
다시 꿈꾸는 겨울　　　젖 물려준다

혼자인 줄 알았습니다 / 박진표

혼자인 줄 알았습니다
이고 진 무거운 짐
상처 입고 덧나
숨죽여 울고 있을 때
누군가 날 위하여
눈물로 기도하고
가슴으로 우신다는 걸
나는 알지 못하였습니다

아버지!
어머니!
저 높은 하늘나라
그곳에서도
이 못난 자식 위하여
그 사랑
아침 햇살 타고 내려와
이슬 되어 내 가슴 적셔주시는
당신들은 영원한
이 아들의 사랑입니다

사랑 / 박진표

그대여
이 작은 가슴으로
다 품을 수 없지만

해처럼
별처럼
달처럼

언제나
그리움과
이쁜 추억으로

다가와서 안기는
그대는
사랑스런 나의 연인입니다

시인 **박희자** 편

♣ 목차

🎵 시낭송 QR 코드
제 목 : 오월 예찬
시낭송 : 최명자

프로필

부산 사하구 거주
2015년 대한문학세계 시 부문 등단
(사)창작문학예술인협의회 회원
대한문인협회 부산지회 정회원
부산 문인협회 회원

〈수상〉
2015년 신인문학상, 올해의 시인상
한국방송통신대학교 부산지역대
　　　　　〈낟가리문학상〉 가작
2016년 03월 낭송시 선정
2016년 05월 좋은 시 선정

2017년 03 금주의 시 선정
2016년 순우리말 글짓기 장려상
2016년 향토문학상
2017년 순우리말 글짓기 금상

〈공저〉
2015년 명인명시 특선시인선 선정
2015년 유화에 시의 영혼을 담다
2016년 명인명시 특선시인선 선정
2017년 명인명시 특선시인선 선정

박희자 시인

동백꽃 / 박희자

국화꽃 피고 지던
분주한 날에도
펼쳐보지 못한
한 장의 꽃잎이었고

부는 바람에
작은 향기마저도 내놓지 못한
아껴왔던 이유처럼

이미 물러설 수 없는
계절의 끝자락에서
꽃샘바람 달콤하게 마시며
선홍빛 머금고 피어나는 귀한 꽃

긴 기다림 잠재우며
황량한 정원의 빈자리에서
눈부심으로 피고 지며
겨울바람을 밀어내고 있다

낙동강 / 박희자

황지에서
솟아오른 수장
지천을 거느리고

하구언 모래톱 위에서
치마끈을 스르륵 내린다

끝없이 밀어내는
세찬 바닷바람에
한 걸음 물러났다
두 걸음을 걸어서

속살 닮은 하얀 파도가
제 살을 안고
끝없이 돌아왔다 돌려가는
어머니의 위대한 젖줄

박희자 시인

새벽 어시장 / 박희자

동녘 하늘
불화살 닮은 햇살이
빈 바다를 휘감고

뱃고동 소리 바람 타고
어둠 훌훌 벗어 던진다

금빛 물비늘이 속살거리며
고등어 등처럼 물갈이를 할 때

부지런한 어부는
빈 주머니에 손을 넣었다 뺐다
입안 가득히 침샘을 굴리고 있다

해수에 던진 뜰채가 자맥질할 때마다
갈매기 떼를 지어 군무를 이루며

어제보다 무거운
새벽 깃 젖히는
뱃머리 어시장
봄바람의 달음박질이다

오월 예찬 / 박희자

찔레꽃
연분홍 향기 솔솔
잿빛 울타리를 넘나들고

산 목련
하얀 꽃잎 수줍은 얼굴이
초록잎 사이로 나풀거리며
그네 춤을 춘다

아기 노루 키 크는 소리가
숲속을 달리고
휘파람새 노랫소리는
오월의 하늘에서 호강을 한다

산딸기가 익어가는 숲속
녹색 미소가
걸어가는 길목마다
앵두 빛 여름이 성큼성큼 손끝에 닿는다

박희자 시인

바닷바람 / 박희자

어느 가을
음산한 바람이 덮치던 날
파리한 산홋빛 바닷물결은
검은 구름 위에서
출렁거리며 생채기를 냈다

길지도 짧지도 않은 세월
고운 나이
세상을 향한
몇 번의 도전에서
이기고 지고
다시 이길 수도 있었는데

먼저 버리는 것도
이기는 것이라고 노래하며
훌쩍 바다를 떠난
그리운 당신의 그림자가

바닷바람에 밀려왔다
이내 사라진 파도의 등 뒤에서
퍼덕거리는
갈매기 날갯짓 섧기만 하다

장마 / 박희자

하얀 안개가 산마루에서 학처럼 날았다 앉았다 하던 잦은 비 내리는 날이었다. 그날도 하늘이 뚫린 듯 쏟아지는 빗길 사이로 파란 비닐우산 하나 받쳐 들고 할머니를 모시고 아버지께서 마당으로 들어오신다. 해 뜨면 들일 나가시기도 하고 큰집 사촌들을 돌봐주시던 할머니시다. 지루한 장맛비가 시작되면 자주 우리 집으로 모시고 오시면서 아버지께서 얼마나 좋으셨던지 낙숫물 소리보다 더 큰 웃음소리를 허허허 내시곤 하셨다.

세상에서 제일 무서웠던 아버지의 모습이 한순간에 할머니처럼 다정해지신다. 책상 서랍을 드나들던 손때 묻은 딱지본 류충렬전을 꺼내시면 할머니 얼굴에는 환한 미소가 굵은 주름을 빠르게 덮었다. 아버지께서 충렬이 되고 할머니께서는 어머니 장 씨가 되어 주거니 받거니 다정함으로 시간을 잊은 채 책 속을 가득 채운 글자보다 많은 이야기를 주고받으며 충렬이 어머니와 처자(妻子)를 구할 때 즈음이면 대청마루에는 어둠이 내리고 어머니는 할머니 곁에서 유리구슬처럼 매끈하게 주무르신 밀가루 반죽 그릇을 들고 부엌으로 들어가셨다.

망울망울 하얀 쌀알이 퍼져 끓어오르면 한입 크기 수제비를 똑똑 떼어 넣고 파릇파릇한 보드라운 파를 송송 썰어 넣어서 길쭉한 국자로 휘휘 젓을 때마다 구수한 멸칫국물 내음과 어우러진 고소한 쌀 냄새가 집안 가득해지고 할머니 덕분에 우리 집 아홉 식구가 땀을 뻘뻘 흘리며 세상에서 이보다 더 맛이 날 수 없는 최고의 수제비를 먹었다. 할머니를 편히 쉬시게 하는 장마가 있어 행복하신 막내아들 아버지께서는 철부지 아이처럼 할머니 곁에서 좋아하시며 행복한 꿈나라로 들어가셨다.

류충렬전 : 작자 미상, 조선후기 영웅 군담소설

박희자 시인

여름이 간다 / 박희자

불을 지핀다
바람도 지나갈 틈 없이
두꺼운 구름 속에서
솟는 수증기가 안개비처럼 땅을 건너고

땀방울은 굵은 소나기처럼
후드득후드득 등줄기를 타고 내린다

밤낮없이 목청 돋우는
매미에게는 매달림의 짧은 계절

해는 지고 깊은 어둠 속에서
별이 뜨거움에 몸살을 한다

모두가 계절을 당기기 위한
각각의 몫만큼 순리에 응해 가는 시간
도시를 둘러싼 뜨거움이
콘크리트 껍딱지를 녹인다

차오르면 기울 듯
바람의 이름도 곧 바뀌겠지

천생연분 / 박희자

보드라운 산골바람에
매운 바닷바람을 섞어서
하나처럼 서로가 닮아가는
기다림 속 생채기는
묵언의 등대처럼 쓸쓸했다

눈 흘기며 밀었다가
웃으면서 당기기도 하고
섞고 섞어가는 파도처럼
흘러내리는 굵은 갈색 주름도
에메랄드빛 바다로 되고 있다

돌담 하나 사이로 피어난 인연
하루는 힘들어도 어제같이 지나간
짧은 시간이 거짓말하듯 씨익 웃고 있다

집안일 들며 나며 가볍게 하고
동네 골목길
바람 쫓듯 달리며 묻혀오는
당신의 세상 이야기가
이제는 사뭇 편안하게 들리고 있다

박희자 시인

봄이다 / 박희자

봄이다
유리창을 밀고 들어선 햇살이
방안 가득 달콤하고

겨우내 책꽂이에 서 있던
책들이 하나둘
책상에 앉아 두런거린다

텅 빈 강의실
온기 떠난 의자에는
따끈따끈한 새 주인 찾아오고
앙상한 나뭇가지 사이로
봄바람이 풋풋하다

긴 방학 동안 무기력하게 누워있던
가방 속 책들 사뿐히 걸어 나오고
택배 포장 벗은 매끈한
새 책 향기 눈 시리다

내게도
또다시 시작된 봄봄봄

사릿길 그리움 / 박희자

달빛 물들인
하얀 박꽃
긴 밤 지새운 기다림
해오름 앞에
말없이 꽃잎 내려놓던 곳

타오름달
텃밭 지키는
가늘라 업은 옥수수
들판 어귀에서
한낮의 뙤약볕을 삭인다

가람 건너
땡감 익어가는 소리
실바람에 도란도란
느티나무 가지 사이를 지나   아이도 어른도
해거름녘의 바람을 묻히고   무지개 꿈 좇아 달리던
                                사릿길 따라
                                그리움
                                그윽이 흐르고 있다

사릿길 : 사리를 지어 놓은 것처럼 구불구불한 길 / 해오름 : 해가뜸 또는 그 무렵
가늘라 / 갓난아이 / 타오름달 : 8월 (뜨거운 달)
가람 : 강(넓고 길게 흐르는 큰 물줄기) / 해거름녘 : 해가 서쪽으로 넘어갈 무렵

시인 박희홍 편

♪ 시낭송 QR 코드
제 목 : 꽃무릇
시낭송 : 박영애

프로필

광주광역시 거주
대한문학세계 시 부문 등단
사)창작문학예술인협의회 회원
대한문인협회 광주전남지회 정회원

대한창작문예대학 제7기 졸업
문예창작지도자 자격 취득
대한창작문예대학 졸업 작품 경연대회 장려상
2017년 순우리말 글짓기 전국 공모전 동상 수상
〈공저〉
비포장길(대한창작문예대학 제7기 졸업 작품집)

비 내리는 밤 / 박희홍

애피타이저도 없는
난타 공연의 무대가 된
양철 지붕 위에서
앙코르를 외쳐대게 하는 밤비

모두가
꿀잠에 취한 달콤한 밤
귀도 잘 들리지 않고
유독 잠이 많은
할매를 깨워내게 하는 밤비

할매가
비가 새는 곳 있나
가족의 파수꾼이 되어
구시렁거리며
집안 곳곳을 둘러보게 하는 밤비

비 새는 데 없다
안도하며 툇마루에 걸터앉아
부디 우리 새끼들 잘 좀 지켜달라는
긴 한숨짓는 소리 듣지 못하게
자식들을 곤한 잠에 빠져들게 하는 밤비

박희홍 시인

애살포오시 다소니 / 박희홍

윤똑똑이가 그늘 쉼터에서
지나가는 단미를 보고
다소니를 떠올릴 때
벼락바람에 얼빠졌다

긴가민가하여
막, 말을 붙여보려는데
헛바람 따라 힁허케 가버려
눈은 멀고 빼죽 내민 입 굳어버렸다

서운한 마음에 터벅거리다
고추바람에 오들오들 떨며
비척걸음에 돌아와
핫이불 위에 벌러덩 쓰러진다

불현듯 스쳐 지나간 그미
득한 날씨에 고뿔에 걸리지 않았을까
헤살 궂은 바람 탓하며 속혜윰에
가슴앓이로 몸이 매시근하다

애살포오시 : 애틋하게 살포시 / 다소니 : 사랑하는 사람
윤똑똑이 : 자기만 혼자 잘나고 영리한 체하는 사람을 낮잡아 이르는 말.
단미 : 사랑스러운 여자 / 벼락바람 : 갑자기 휘몰아치는 바람 / 헛바람 : 쓸데없이 부는 바람
힁허케 : 조금도 지체하지 않고 아주 빠르게 가는 모양을 나타내는 말
터벅거리다 : 힘없는 걸음으로 느릿느릿 걷다. / 고추바람 : 살을 에는 듯이 매우 차갑고 매운바람
비척걸음 : 몸을 제대로 가누지 못하고 비틀거리면서 걷는 걸음. / 그미 : 그녀. 그 여자
득하다 : 날씨가 갑작스럽게 매우 추워지다.
고뿔 : 코나 목구멍, 기관지 등의 호흡기 계통에 생기는 질병.(감기)
헤살 : 짓궂게 훼방하는 짓. / 혜윰 : 생각의 순우리말.
속혜윰 : (=속생각)남모르게 마음속으로 하고 있는 생각 / 매시근하다 : 기운이 없고 나른하다.

어머니 마음 / 박희홍

고향 집에서
가을(秋) 저녁(夕)을 보내고
귀경하여 차 트렁크를 열어 보니
함께 부대끼며 날밤 셌건만
검정 비닐봉지 셀 수 없다

일 년 내내 먹어도 줄지 않을
고추 마늘 참깨 들깨 찹쌀 콩 등을
어느 틈에 집어넣어 놓았다

색깔 다른 봉지 하나 들춰보니
엄니가 따라왔나
엄니 냄새 한 가득하다

박희홍 시인

홀로 아리랑 / 박희홍

할머니의 관절은 아기를 낳으려고
용을 쓰는 산통을 앓고 있다

남매를 건사하려 홀몸을 불사르다
고장 난 허리는 할미꽃이 되었다

인이 박힌 근육통은 증손자의 재롱잔치에
일순간에 녹아내려 얼굴에 꽃이 피어난다

저승꽃이 핀 얼굴 누런 이를 드러낸
넉살스러운 낯꽃은 염화시중의 미소다

그때야 다 그랬지 / 박희홍

연인들의 헤어짐에 대한
응어리는 쉽게 떨어지지 않은
독한 몸살감기였다

더러는 합병증에 시달리어
헛것을 보는 혼란스러움과
왁달박달 불안함에 빠져서
회복되는 시간도 더디었다

지난 시간이 허망하듯
낫겠지 기다리다 보니
자신도 모르게 낫는데
치료 약은 시간이었다

세월이 흘러 그 시절의
부끄러움이 되살아났지만
금세 피어났다 사그라진다

실연의 그림자를 거둬내니
낯빛이 대낮처럼 밝아져서
벌 나비가 되어 꽃을 찾는다

박희홍 시인

어버이 마음 / 박희홍

어둠이 체 물러가기 전
무슨 일 없느냐는 듯
무뚝뚝하기만 하던 아버지 전화다

가슴 찡해
울먹인 소리로 괜찮다 하니
목소리가 왜 그러냐 한다

자식이 부모 걱정해야 하는데
육순 자식이 얼마나 못났으면
구순 부모가 걱정할까 생각하니
가슴 아프다며 넋두리한다

코 큰소리치지 말고
배추밭, 밭떼기로 넘겼으니
애들 학비에 보태라며
식솔 잘 건사하는 것이 효도라 한다

꽃무릇 / 박희홍

한솥 부부로 한집 살림하면서도
서로가 보고 싶어도 볼 수 없어
토해낸 한숨이 바다를 이룬다

오는가, 목을 내밀어 봐도
기척이 없어 망연자실하는데
먼 길 가려던 뻐꾸기 슬피 울며 위로한다

토해 낸 한숨이 선홍빛 피가 되어
간들바람 따라 산야에 흩뿌려져
임과 다정히 오지 않고 혼자서 왔다

사방에 이쁘다는 입소문 자자하나
서로를 그리워하는 마음에
제각기 애간장 녹아 문드러진다

그대 그립습니다 / 박희홍

당신이 그리울 때
지그시 눈을 감고 그려봅니다

당신이 보고 싶을 때
눈시울이 메롱 하여 눈을 감습니다

당신이 그립고 보고 싶을 때
베틀의 북이 되어
이리저리 왔다 갔다 스쳐 갑니다

당신이 오신다 해도
요동치는 베틀에 눈이 멀어
당신을 알아볼 수 있을지 모르겠습니다

당신이 오실 날 기약 없기에
베틀에 앉아
당신의 아련한 모습을 매어 두렵니다

엄니 사랑 / 박희홍

실직해 타관으로 떠돌던 아들
큰 죄를 진양
집안을 두리번거리다
도둑고양이처럼 슬그머니 들어와
아랫목에 묻어둔 밥과
살강 위에 엎어놓은
멸치젓갈 무침 한 접시에
그만
고드름 같은 눈물이 핑 돈다

못난 놈도 자식이라고
끼니 거를까 봐
염려하는 엄니 생각에
낯짝 부끄럽고 창피해
어찌 밥을 뚝딱 비우겠는가

눈물 젖은 밥을 남겨두고
발채에 엄니 냄새 진동한
두엄을 짊어지고
산밭에 있을 엄니 찾아 나선다

박희홍 시인

푼수 없는 의자 / 박희홍

남녀노소와 귀천도 새들과 벌레와 낙엽도
좌도 우도 계절도 밤낮도 가리지 않고
그들이 필요할 때면 언제고 차지할 수 있다

눈물도 한숨도 솜처럼 빨아드리고
기쁨도 슬픔도 깃털처럼 부드러운
사랑으로 감싸는 너그러움이 있다

무더위 비보라 눈보라가
머물다 가든 스쳐 가든, 아무래도
흔들림 없이 꿋꿋하게 간섭질 하지 않는다

느닷없이 와도 뜬금없이 가도
앉아있어도 누워 있어도 생채기를 내도
싫은 내색 할 줄 모르고 마냥 무덤덤하다

마음 내키면 언제고 안길 수 있는
천하태평 인자한 엄마의 품속처럼
지친 나그네의 어떤 주절거림이라도
다, 받아주니 푼수가 없긴 없나 보다

시인 **백설부** 편

♣ 목차

🎵 시낭송 QR 코드
제　목 : 소박한 사랑　.
시낭송 : 김지원

프로필

김천 거주
대한문학세계 시 부문 등단
(사) 창작문학예술인협의회 회원
대한문인협회 대구경북지회 정회원
2016년 10월 5주 금주의 시 선정 《결국 나 자신》
2016 대한문인협회 한국문학 발전상
2016 순우리말 글짓기 전국 공모전 장려상
2017, 2018 명인명시 특선시인선 선정

먼 그리움 / 백설부

살아내기 위해
잊어야 했던 기억들

그리워 못 견딜
애타는 밤이면

담벼락 아래서
꼬깃꼬깃한 그리움

하나 불쑥
튀어나온다

목이 긴 슬픔을
꽃으로 피워낸

상사화 지는 날이면
가슴으로 운다

가을사랑 / 백설부

사랑은
차마 말 못하는 마음이
더 아름다운 거라고

사랑은
사랑을 위해
그냥 그렇게 잊는 거라고

사랑이란
해거름의 진홍빛
노을 같은 것일지라도

현기증 날 만큼
눈빛 고운 사람을 만나
넋을 잃고 싶다

꽃잎 진 벚나무 아래서
발끝에 뚝뚝 떨어지는
잎새 하나에도 으스러진다

사랑이 아니어도 좋습니다 / 백설부

남은 여생을
당신과 함께라면
사랑이 아니어도 좋습니다

얼굴에 늘어가는 주름살과
희끗희끗해져 가는 흰 머리를
안타까운 눈빛으로

바라봐주는 것도
그리 나쁘진 않을 것 같습니다

기운이 없어
걷는 만큼 쉬어가야 할
순간이 오더라도

서로의 땀방울을 닦아주며
그렇게 늙어가는 것도
그리 나쁘진 않을 것 같습니다

앞으로 더 기력이 없어지고
누군가에게 짐이 되어야 할
순간이 오게 된다면

당신 곁에 내가 있으니
우리 함께 추하지 않게
흘러갔으면 좋겠습니다

하얀 그리움 / 백설부

봄날엔 누군가
그리워질 때면

벚꽃 흩날리는
거리에 나서고

여름날엔 누군가
그리워질 때면

가슴을 요동치게 하는
한줄기 장대비를 기다린다

가을날엔 누군가
그리워질 때면

책갈피 속의
노오란 은행잎을 들추게 되고

겨울날엔 누군가
그리워질 때면

첫눈 오는 날만
손꼽아 기다리게 된다

당신 곁의 내 자리 / 백설부

함께 밥을 먹고
함께 잠을 자고

이런 사소한 일들이
얼마나 소중한지

떨어져 있어 보니
절실하게 다가옵니다

아침을 먹다가도
밥은 먹었을까

잠을 자다가도
지금은 잠들었을까

헤어지는 순간은
서로가 마음이 짠하고

함께 해온 세월만큼
당신 곁의 내 자리는

너무 편안하고
너무 안락했었나 봅니다

따스한 가슴을 가진
당신 덕분에

우리의 운명 / 백설부

나는 당신의 찻잔
당신은 나의 찻잔 받침대

언제나 나를 든든하게
보호해줍니다

바람에 흔들릴 때도
가만히 고요해지기만을
차분히 기다려줍니다

당신의 사랑이 있어서
고운 잔의 맑은 향기로
존재할 수가 있답니다

가끔은 화려한 받침대를
꿈꿀 때도 있지만

나를 귀히 여기면서
가장 잘 어우러지는 건

당신뿐이라는 걸
운명적으로 느낍니다

꽃 같은 기억 / 백설부

바람이 꽃을 더듬고
꽃 같은 기억이

가을의 깃속으로
먼 터널을 걸어와

티 없는 맑음으로
꽃잎 잎마다 들어차 있다

차마 열어볼 수 없는
마음의 짐 하나

얼마나 세월이 흘러야
펼쳐볼 수 있을까

바라볼 수 있는 것만도
가슴에 불을 지피는 일이라는 걸
왜 몰랐을까

가을물 완연하게 들 때쯤
살아있음이 가슴 베이는
아픔일지라도 사랑하리라

그리움만 걸렸네 / 백설부

휘어진 마음 한 잎
작은 소망의 잎으로
다시 피어나길 바라며

쓸쓸해도 따뜻함은
잃지 않는 사람이길
고요히 숨 쉬어 보며

내 그림자 벗 삼아
고조 곤히 새벽길을 걷는다
그저 달빛이 고와서라고

달빛을 거드는
아슴한 바람이
먼 기억을 더듬는다

바다가 보이는
하얀 2층 집으로

보랏빛 넝쿨이
호위하듯 촘촘히
에워싼 창가엔

아무도 찾지 않아
그리움만 걸렸네

소박한 사랑 / 백설부

우리의 사랑은
눈부시지 않습니다

기쁠 때나 좋을 때나
언제나 곁에서 함께
웃어주는 것뿐입니다

우리의 사랑은
유난스럽지 않습니다

아플 때나 지칠 때나
말없이 기댈 어깨를
내어줄 뿐입니다

우리의 사랑은
특별하지 않습니다

슬플 땐 마음껏 울도록
손수건 하나를 건넬 뿐이고

외로울 땐 외롭지 않게
따스하게 안아줄 뿐입니다

당신 곁에 머물고 싶어요 / 백설부

인적 없는 들녘에
알아주는 이 없는

갈퀴나물이 되어
녹두루미처럼 그대 곁을 맴돌며
덩굴손이 되리라

산골짜기 어느 구석진
바위틈 사이에 몰래 핀

하늘색 물망초가 되어
영혼이 담긴 꽃으로

날 잊지 말아 달라고
몸으로 노래하리라

당신의 가슴 빈터에
달빛을 맞이하는
달맞이꽃이라도 되어

석양 무렵부터 밤새도록
그리워하며 피리라

시인 성경자 편

♣ 목차

🎵 시낭송 QR 코드
제 목 : 그리운 어머니
시낭송 : 최명자

성경자 시집
"삶을 그리다"

프로필

대한문학세계 시 부문 등단
(사)창작문학예술인협의회 회원
한국문인협회 정회원

2014년 7월 나뭇잎 하나 (우수작 선정)
2014년 9월 2주 금주의 詩 선정
2014년 한국문학 올해의 신인상
2015년 순우리말 글짓기 공모전 장려상
2015년 대한문인협회 한국문학발전상 수상
2015 / 2016년 명인명시 특선시인선 선정
2016년 좋은 시 선정/상처
2017년 1월 이달의 시인 선정

《〈개인시집〉》
2017년 "삶을 그리다." 출간

당신이 보고 싶은 날 / 성경자

꼭 닫은 입술
금방이라도 무슨 말을 할까
나는 시선을 떼지 못했었지,

촉촉하게 이슬이 맺혔던 두 눈은
조금이라도 더 아름다움을 담기 위해
쉴 새 없이 움직였었고

힘없이 뻗은 두 손은
아가의 손처럼 하얗고 보드랍지만
전혀 미동도 없었지

그렇게 그리움을 남기고 가신 세월 삼 년
괴로움과 슬픔은 목구멍에서 사라지고
대신 나는 오늘도 추억을 목으로 넘긴다.

그리운 어머니 / 성경자

가만히 두 눈 감고
모은 두 손이 떨림은
당신 향한 그리움입니다.

겨울 담장 너머
수많은 사연의 추억
서릿발 되어 다가옵니다.

멈춰버린 당신의 시간
고장 난 시계추는
긴 한숨만 허공을 떠돌고

마음 가득 채웠던
당신과의 추억 모두
바람에 띄워 보내렵니다.

어머니
당신이 그립습니다
천국에서 편히 잠드소서,

사랑하는 당신 / 성경자

창가에 놓인 꽃병에
장미 바라볼 때마다
닮았다고 웃던 그대
맑은 모습이 사랑스럽다.

거친 인생 고갯길에
힘겨워 지칠 때마다
두 어깨 토닥여 주며
지켜주는 당신 사랑합니다.

폭풍과 천둥 치는 날에
낙엽 지는 그런 날에도
포근한 둥지가 되어준
당신을 영원히 사랑합니다.

성경자 시인

당신 생각에 / 성경자

동그라미를
그리는 마음 안에
살며시 다가온 당신

당신 생각에
오늘도 이 밤은
하얗게 다가옵니다.

귓전에 스치는
바람결에 내 마음
모두 보내드리오리니

바람 소리 듣거든
깊은 이 밤 가만히
미소로 답해주오

이 밤 하얗게
머문 곳이 외롭지 않게
사랑한다고...

아름다운 연인 / 성경자

늘 당당한 당신
늘 묵묵히 바라보며
세월의 삶만큼 흔들린다.

흔들리는 당신의 손을
살며시 잡고 같이 흔들리며
살아가는 나는 행복하다.

당신의 두꺼운 안경 너머
바라보는 세상은 분명
시리도록 푸른 봄날이겠지,

머물다간 햇살 저편에
당신과의 사랑은 영원히
가슴속 깊이 번져 갑니다.

성경자 시인

그건 사랑이야 / 성경자

바람 따라
소리 없이 흔들리는 건
흰 눈만이 아닌가 봐

솜사탕처럼
달콤한 내 사랑도
마음마저 흔들린다.

차곡차곡
가슴에 쌓아놓은
그대와의 추억

달콤한 포도주 한잔에
서로의 입맞춤으로
그대 사랑을 마신다.

사랑하는 사람아 / 성경자

사랑하는 사람아
세월의 기다림 끝은
한낮 커피 한 잔처럼
식는 줄 모르더이다.

그리운 사람아
시골 둑길에서 살며시
그대 어깨에 기대어 당신과
나눈 사랑이 오늘 그립습니다.

보고 싶은 사람아
아무 조건 없이 준 사랑
지금껏 내가 살아가는 힘이며
영원히 가슴에 묻어둘 사랑입니다.

잊지 못할 사람아
언제나 푸릇한 하늘 위에
당신이 빛으로 남아있는 까닭은
영원히 가슴에 두고 싶은 이유입니다.

성경자 시인

나의 동반자 / 성경자

밥그릇 두 개
국그릇 두 개
식탁 위는 외롭지 않다.

서로의 눈빛은
달콤한 솜사탕처럼 부드러운
당신은 나의 영원한 동반자

가진 것 없는 소박함으로
당신의 손 위에 나의 열정
그대에게 모두 드리리

당신과 나의 곁으로
세월이 살며시 다가오면
보랏빛으로 물들어 가면

사랑하는 당신
우리 맞잡은 두 손
부대끼며 영원히 함께해요

사랑스러운 그대 / 성경자

무더운 날이면
나무 그늘이
되어주던 그대

추운 날엔
활활 타오르는
열정도 함께 주었지

인생 반이란
세월을 같이한
사랑스러운 그대여

깊게 패인
이마에 굴곡진
삶마저 아름답다

이 밤
잠든 당신 모습이
이리도 아름다울까?

성경자 시인

한 남자의 연인이고 싶다. / 성경자

하루의 피곤함에 지친
그의 어깨에 따뜻한 나의 체온을
더할 때 행복해하는 그의 미소는
참 사랑스럽다.

늦은 점심 행여 지나칠까
따뜻한 밥 한 끼 확인 문자에
감동하는 그대의 한 통의 문자에
온 천하가 내 것이 된다.

갑자기 비라도 내리는 날
행여나 비 맞을까 문밖을 서성이다
낯익은 모습에 가슴 벅참을 느낄 때
이것이 사랑임을 알아가는 중이다.

시인 **안선희** 편

🎵 시낭송 QR 코드
제 목 : 사랑이 간다
시낭송 : 박태임

프로필

(사)창작문학예술인협의회 회원
대한문인협회 경기지회 사무국장
한국문인협회 회원
순 우리말 글짓기 금상
한국문학예술인 금상
올해의 시인상
올해의 작가상

〈저서〉
제1시집 〈둥지에 머무는 햇살〉
제2시집 〈사랑에 기대다〉

안선희 시집

"둥지에 머무는 햇살"

"사랑에 기대다"

안선희 시인

망설임 / 안선희

내가 팔을 뻗는다면
어쩌면
네가 손을 잡는다면
아마도

나의 허물 감싸준다면
어쩌면
너의 약함 안아준다면
아마도

항상 바래왔던
풀꽃처럼 청순한 사랑이
항상 꿈꿔왔던
바위처럼 견고한 사랑이

함께 있음이 설레는 날
그런 사랑이
우리에게 온다면

그를 보고 나를 본다 / 안선희

그가 먼 길을 떠났다
배낭 하나 메고 자유로이
그가 떠난 길은 한편
내 인생이 추구했던 길이다
고적한 세계에서
들꽃처럼 순수하게
여럿 속에서 혼자로 살아야 하는 숙명은
하늘이 부여한 것임에도
스스로 짊어진 멍에다
평범한 삶이 최고라면서
빈둥거릴 즈음이면
아무것에도 얽매이지 않았음에도
속박을 선택한 그가
저만치서 뚜벅뚜벅 앞서고
어느덧 나도 모르게 그의 뒤를 좇고 있다

안선희 시인

사랑의 진면목 / 안선희

사랑은 만지는 게 아니라
바라보는 눈동자

사랑은 웃음이 아니라
기쁨의 눈물

사랑은 보람이 아니라
빈손에 담긴 행복

법칙 / 안선희

사랑의 법칙은 야릇하도다
그저 인상이 좋아
자꾸 웃어줬더니
허락도 없이
마음에 들어오더라

인연의 법칙은 야릇하도다
그저 사람이 좋아
자꾸 생각했는데
어느 날 안 보이니
하루가 텅 빈 듯하더라

안선희 시인

사랑한다면 / 안선희

사랑은
둘이서 하나가 되고
하나인 나의 공간을 덥혀서
또 하나의 방을 내어주는 일

사랑한다면
숨 막히는 눈물과 웃음을
터뜨리도록
그의 생애를 부둥켜안아 보자

사랑한다면
내가 외로운 순간
또 하나의 고독과 만나
인생의 오솔길을 정답게 걸어보자

그리운 너 / 안선희

매일 너와 아침을 열고
잠들기 전
너의 음성을 들었는데
내 곁에서 사라져버린 너

아침 기도 시간이면
우리의 사랑을 지켜 달라고
두 손을 모았는데
언제부턴가 내 기도는
이별을 위한 것이 되었다

그리운 것은
다정했던 너의 모습
두 번 다시 오지 않을
우리의 젊은 날들

안선희 시인

여수 바다 / 안선희

저녁 햇빛 물드는
여수 바닷가 거니노라면
동백나무 가지에 불어오는
소슬한 바람에도
들떴던 여행객의 마음이
쓸쓸하고 고즈넉해진다
푸르른 달빛 아래
대교의 조명도 호젓하다

남해의 거센 파도에
붉게 피어난 동백의 향연
누구를 위한 기다림일까
차가운 바람에도
진홍의 꽃잎 당차게 피었다

어느덧 바람이
차갑지가 않다
여수 바다에서
우리 마주잡은 손도 따스하다

사랑이 간다 / 안선희

숲처럼 내 온 시야를
가득 채웠던
사랑이 간다

향긋한 꽃내음
콧날 간질이던
여름날의 벤치

손짓 하나 눈짓 하나에
심장이 뛰었던
일요일의 만남

낙엽 지는 신촌 거리
가을처럼 미련도 없이
젊은 날의 사랑이 간다

안선희 시인

꿈길에서 / 안선희

태양 빛도 없는데
눈부신 빛깔 감도는
낯선 거리에서
누군가와 함께 있었다
다정하게 웃으며
팔을 잡으려는 순간
그는 멀리멀리 사라졌다

잠에서 깨었을 때
이리저리 찾아 헤매던 여운이
가슴을 아프게 했다
그래서였을까
세월이 흘렀는데
꿈길에서 나는
여전히 누군가를 찾아
두리번거리고 있었다

기다림 / 안선희

내 청춘의 어느 가을날
광화문 사거리에서 맹인 청년을 만났네
세종문화회관을 찾아 한 시간 넘게 헤매느라
순백의 양복이 땀으로 얼룩져 있었네
내 갈 길도 바빴지만
성당에서 맹인 선교를 하던 나는
그에게 팔목을 잡혀 길을 인도하였네

맹인 청년이 허겁지겁 뛰어오면
버스 서너 대는 줄행랑을 쳤네
세종문화회관에 도착했더니
목가적인 차림의 맹인 처녀가
불안한 낯빛으로 기다리고 있었네
이미 약속 시각은 두 시간이나 지났지만
맹인 연인은 손을 맞잡고
아이처럼 빙그르르 춤을 추었네

휴대전화도 없던 시절
내게 사랑을 고백한 남학생과
첫 번째 데이트를 약속한 날이었네
맹인 연인을 만나게 해주려고
한 시간 늦게 도착했더니
종로교회 벤치에는 아무도 없고
낙엽만이 빙그르르 춤추고 있었네

시인 **오석주** 편

♣ 목차

1. 진정한 사랑
2. 아시는지요
3. 자연의 흔적
4. 부부의 사랑
5. 한 송이 꽃
6. 보고 싶은 날
7. 촛불 같은 사랑
8. 물결 타고 온 사랑
9. 겨울을 사랑하는 나
10. 들꽃아 들풀아

♪ 시낭송 QR 코드
제 목 : 물결 타고 온 사랑
시낭송 : 박순애

프로필

대한문학세계 시 부문 등단
(사)창작문학예술인협의회 회원
대한문인협회 서울인천지회 정회원
한국 해송 예술회 부회장

2016년
4월 5일 어느 겨울날에 사랑 (우수작 낭송시 선정)
10월 19일 가을 길 산책 낭송시 선정
2017년
2월 1주 금주의 시 선정 (희미한 거울 속)
특별 초대시인 작품 시화전 선정 (바람꽃)

〈공저〉
2017년 시와 글 텃밭 문학회 시화집 9호
2017년 들꽃처럼 3집 (대한문인협회 서울인천지회 동인문집)

진정한 사랑 / 오석주

사랑하는
사람이 있어도
그리울 때가 있듯이
늘 아쉬운
마음으로 그리워하지요

가끔은
기다림에 지쳐
투정을 부려도 보지만
후회하는 자신을 발견합니다

그저 바라만 보아도
목소리만 들어도
글만 보아도
그 사람
숨결을 느낄 수 있으니까요

온종일 생각에
잠 못 이루지만
누군가를 생각하는 것이
아름다운 일인지 알겠습니다

진정한 사랑은
기다림에서 시작되는 것임을

오석주 시인

아시는지요 / 오석주

당신의 모습에
세월이 흐르고
있다는
그것을 아시는지요

어두운 창가
두고 간
커피잔 속에
사랑이 울고 있는
그것을 아시는지요

그대는
어두움 껴안고
흐느끼는 소리에
당신은
떠나지 못하고
있는걸 아시는지요

자연은
질서를 위해 있지만
인간은
탐욕을 위해
살고 있다는 그것을
당신은 아시는지요.

자연의 흔적 / 오석주

언덕에 오르니
산자락 숲에
풀벌레 울고
내 꿈 나비같이 날아온다

능소화
살랑살랑 방긋 웃고
내 머리 위로
둥실 떠가는 하얀 구름

새색시 얼굴 마냥
붉게 피더니
꽃 진 자리에
연두색 옷 갈아입는구나

바위 아래
졸졸 흐르는 물소리
내 마음 애 수에 젖어 든다.

부부의 사랑 / 오석주

잔잔한
바닷가 적막이 내리고
한 부부의
다정다감한 실루엣이
일생을 다한
윤슬처럼 반짝입니다

행복을
그리던 세월
마음속 묻고 살아온 날
추억에 빠져
어둠 잊은 체 사랑을 씁니다

아침이 와도
노도(怒濤) 속에 밀려가
흔들리며 살아온 시간
함께하는
고마움으로 잊지 못할
흔적을 남기며 쓰고 있습니다.

한 송이 꽃 / 오석주

모진 비, 바람 견디고
피어난 한 송이 꽃
아침 햇살조차 외면하고
아무도 찾아주지 않는 곳에서

너의 변화를 외치고
외침 소리에
피맺힌 혼들을 들으며
결코, 자유로워질 수 없는

우리의 삶과
다른 바가 없구나
이상이 있기에
현실이 더욱 소중하듯,

눈이 부시도록
화창한 날 하늘을 보고
너의 그림자를 보면
샘물 같은
사랑을 느끼게 될 것이다.

오석주 시인

보고 싶은 날 / 오석주

보고 싶은 날
마음의 껍질을 훌훌
벗어 버리고
그대 곁으로 다가가

헛웃음 풀어 놓아
마냥 그리워지고
보고 싶음에
그리움은 더 가까이서

촘촘하게 박혀
치명적으로 괴롭히던
내 모든 아픔을
다 식혀 줄 사랑이
홀연히 내 곁에 머물며

밀려드는 속내
아린 마음 달래고
어디론가 떠나 있어도
내 마음은
당신 곁에 있어 주리라

촛불 같은 사랑 / 오석주

그대에게
보낼 수 있는
나의 포장된 마음을
이렇게 살포시 열어 봅니다

늘 설레며
밤마다 꿈꾸며
그대 만나길 오늘도
이렇게 목을 길게 빼 보며

멀리서
지켜보는 것만으로
행복한 시간
우린 이제
깊은 인연으로 맺어 젖고

이 겨울엔
더 깊은 믿음으로
촛불 같은 사랑
더욱 가까이
다가가고 싶은 계절입니다.

오석주 시인

물결 타고 온 사랑 / 오석주

녹음이 짙은 산
물결 타고 온 사랑은
피아노 선율 같아라

사이길 따라
계곡에 들어서니
하얀 거품으로
소리 내며
흐르는 청아한 흰 물살

산마다
한 폭의 그림
너와 잡은 손
불볕더위에 땀 흐르니
산자락에 쉬어나 볼까?

매미 울음소리 들으며
검은 바위 등지고
한잠 자려니
시원한 산바람은
기타의 선율만큼 감미로워라.

겨울을 사랑하는 나 / 오석주

은빛 날개 안고
가슴 움켜 주며
흐르는 세월 속으로
중년의 삶을 살아간다

그대의 가슴에도
보고픈 마음이 밀려와
지난날의
추억 속으로
여행을 다녀올 것이다

칼바람 맞으며
내 마음속
아름다운 사랑 되어
함께 나눌 수 있는

포근함을
당신과 함께 그리며
겨울날의
사랑을 빠져들고 싶다.

오석주 시인

들꽃아 들풀아 / 오석주

꽃잎은 지고
나뭇가지 파릇파릇
싱그러운 잎
풀잎 하나하나 새싹 돋아나고

들꽃과 들풀은
아우성치며
노래 부르며
세상 밖
구경하려고 꿈틀거리네

우아한 척
안 해도 되는 들꽃아
애써 당돌한 척
안 해도 되는 들풀아

아름답고
싱그러움 속에
경쟁과 욕심 없는 너만의 세상

울고 싶으면
마음껏 울 수 있고
웃고 싶으면
마음껏 웃을 수 있는
그런 자유란
세상에 있으니 너는 좋겠다

밤이면 풀벌레와
마음껏
목청 높여 놀 수 있고
눈치 보지 않는 들꽃아 들풀아

좋은 세상에
살고 있음을
너는 알고 있느냐
나는 너희를 마음껏 사랑하련다

시인 **오승한** 편

♣ 목차

♪ 시낭송 QR 코드

제 목 : 조각난 사랑
시낭송 : 박영애

프로필

인천 거주
대한문학세계 시 부문 등단
(사)창작문학예술인협의회 회원
대한문인협회 서울인천지회 정회원

오승한 시인

조각난 사랑 / 오승한

애타던 사랑 별이 되었나
슬프다고 외롭다고
힘겹게도 반짝인다

싸늘한 밤하늘에
외로운 작은 별 하나
잊히는 사랑 애달파 운다

눈물보다 행복했던
가슴 타던 사랑은
이슬처럼 슬피 잠들고

이미 깨진 사랑은
조각난 모습으로 가슴에 박혀
별이 되어 아프게 반짝인다

사랑은 불꽃이라 했나 / 오승한

어떤 말로 표현할 수 있나
어떤 그림으로 그릴 수 있을까
그저 태울 수밖에 없겠지

흔들리며 태우는 촛불처럼
까맣게 재가 되어 날리고
물처럼 무너져 녹아내릴 뿐

사랑은 불꽃이라 했던가
이 밤도 흔들리며 태우는 불꽃

태워도 태워도 그리운 사랑
가슴은 녹아내려 강물이 되고
타오르는 불꽃 그림자만 밟힌다

내 사랑 나의 장미여 / 오승한

비에 젖어 떨어져 간
꽃잎과 함께
영영 떠난 줄 알았던 사랑이
붉은 입술 달싹이며
날 부르고 있구나
내 사랑 나의 장미여

바람이여 흔들지 마오
애끓던 가슴에서 배여 난
아린 사랑이 묻어있단다

내 사랑 나의 장미
곱고 붉은 입술에
이슬이 눈물로 젖어 애처롭다　　　사랑한단 말도 그립다는 말도
가여운 내 사랑 나의 장미여　　　끝내 말하지 못하고
　　　　　　　　　　　　　　　　수만 번 입속만 맴돌다
그렇게도 애태운 세월 속에　　　　저 먼 허공에다 띄웠었네
파랗게 멍들다 가시를 새우고
핏물처럼 베여 핀 붉은 사랑아　　가시에 찢긴 파란 조각 틈새로
내 사랑 나의 장미여　　　　　　　붉은 입술 벌려 나를 찾는구나
　　　　　　　　　　　　　　　　사랑아 내 사랑아
　　　　　　　　　　　　　　　　어여쁜 나의 장미여

꽃바람 내 사랑 / 오승한

예쁜 꽃, 네 모습 찾아
눈보라 비바람 헤치며
꽃바람 따라서 왔단다

단풍꽃 얼음꽃
하얀 눈꽃들
길 막으며 유혹했지만

불그레 고운 널 찾아
먼 길 돌고 돌아
이제야 왔다
어여쁜 내 사랑아

수줍어 고개 숙인
예쁜 꽃잎에
기다림에 슬픈 이슬방울
댕굴댕굴
지 알아서 떨어져 간다

활짝 핀 꽃송이
어여쁜 사랑아
뜨거운 입맞춤에
떨고 있는 내 사랑
꽃바람 내 사랑아

오승한 시인

안개비 사랑 / 오승한

연기 같은 안개비
소리 없이 다가와서
사랑이 그리운 눈
하얀 안개로 가리고

연기처럼 사뿐히
내려앉은 당신의 향기
옷깃에도 마음에도
몰래 흠뻑 적셔 놓고
가슴으로 파고든 사랑

당신 향기에 취하고
비에 젖은 내 모습
안갯속 사랑에 폭 빠져
헤어날 줄 몰라요
안개비 사랑인가요

하얀 안갯속 어디
당신은 어디 있나요
향기로 내려앉은
내 사랑 그대 모습
안개비 사랑이라 할래요

파도 / 오승한

어제는 일렁이고
오늘은 파도가 치는
마음의 바다

붉게 물든 노을 사랑
파란 그리움아

하얀 물거품 싣고
세차게 달려드는 파도
피하지 않으리다

밀려오는 파도
그리움에 절여진
가슴 던져 놓고

철썩철썩
쌓인 그리움 씻어 보련다

파도 속에 깊이 잠겨
헤어나지 않을 수 있을까

파도에 밀려
쌓이는 모래알
또 다른 그리움이
사무치게 쌓여 간다

오승한 시인

벚꽃 연가 / 오승한

아득히 먼 그리움이
뭉게구름 타고
햇살 따라 내려앉았네

몽실몽실 피어난 사랑 꽃
뭉클뭉클 밀려오는 설렘
실바람에 떨고 있네

일렁이는 하얀 꽃물결
이대로 곁에 있어 주렴
황홀한 그리움 내 사랑아

어디선가 불어온 왜 바람에
이리저리 날아가는 하얀 그리움
꿈같은 내 사랑도 날아가는가

남자의 순정 / 오승한

벅차오르는 설렘 안겨 놓고
매화도 목련도 지고 벚꽃마저
훨훨 날아가는구나

목 터져라 부르고픈 사랑아
꽃 피고 꽃잎 날리면
그리움이 그리워서 울먹입니다

다시 건너갈 수 없는 추억의 강
아직도 순정은 그대로인데
세월에 물살 앞에서
떨어지는 꽃잎에다
그리움을 날려봅니다

호수 위에 내려앉은 꽃잎
파문 져 퍼지는 여울을 따라
추억에 조각들이 꽃잎이 되어
가슴으로 일렁일렁 떠밀려옵니다

조각조각 부서져 떠 있는
핑크빛 꽃잎은
남자의 사랑이고 남자의 순정인 것을
추억이 고인 꽃 피는 날의 기쁨은
행복한 그리움일 뿐입니다

춤추는 연정 / 오승한

쏟아지는 그리움이 사랑이었던가
결결이 쌓여도 텅 빈 마음에 호수

바람도 없이
쏟아지는 비
적막한 밤 세차게 가슴 때리네

빈 호수에 출렁출렁 그리움을 채우고
사랑 물결 찰싹찰싹
일으켜 보자

뜨거운 태양도
떠가는 구름도
여울지는 물결 속에 가두어 놓고

그저 우리 찰랑찰랑
춤추며 가자

달빛 사랑 / 오승한

내 사랑 애달파
기다리는 밤
달보다 밝은
내 사랑이 가까이 오네

애달은 마음에
덥석 안고 말았어

둥근달 짓궂게
구름 치마 살짝 가리고
빙긋빙긋 웃으며
빼꼼히 훔쳐보네

예쁜 내 사랑
빛나는 눈동자
달빛에 비쳐
별처럼 반짝반짝
사랑을 속삭속삭

달빛 피하려
살짝살짝 옮겨 보지만
능글맞게 웃으며
구름 치마 걷어낸다

사랑아 사랑아
반짝이는 눈
꼭 감은 사랑
둥근달 붉히며
구름 치마 뒤로 숨는다

시인 **유석희** 편

 시낭송 QR 코드
제 목 : 낙타
시낭송 : 김지원

프로필

영어 강사
대한문학세계 시 부문 등단(2015.5)
2016년 순우리말 공모전 동상 수상

이메일 seokhui5955@daum.net

낙타 / 유석희

낙타의 울음은 소리가 나지 않는다
사막에 울림이 공허하여 지워질 모래 자국 날리는
바람이 울 뿐이다

서녘 고향 하늘에 실루엣이 그랬다

사막의 삭막함을 지나 산이 울고 무너져 내리기를 몇 번
꼬불꼬불 논두렁, 비탈진 밭둑으로 낙타의 등을 진 늙은이의 느
릿한 걸음이 사막처럼 길다

재가 담긴 삼태기를 들어내는 발걸음이 땅거미를 부르고 고단한
낙타의 퀭한 눈이 바라보는 공중에 밤이 내린다
부엉이 밤을 밝혀 뉘 부르는 새벽을 밝히고 작은 낙타는 거인의
자루를 짊어지고 일어선다

높은 산이 제풀에 무너질지언정 낙타가 스스로 주저앉는 일은
없다
오늘도 논두렁, 밭 자락을 옮기는 느린 낙타 등의 혹은 물을 채워
낸다

낙타의 울음에 답해
햇살이 늘어지면
새싹이 물을 머금고 오르겠다

씨앗 한 톨 / 유석희

채 냉기가 가시기도 전에
땅을 고르는 농부의 사랑

너는 태어나기도 전부터
사랑이다

순수한 염원
오롯이 품어낼

대지에 수놓아진 손길로
사랑을 품은 자여

언 땅을 녹여내는
농부의 손길처럼 아름다울 일이다

슬프고도 아름답도록
갈퀴 같은 그 손처럼만

침묵의 아우성 / 유석희

가슴 한 켠이 화석이 된 듯 찌르고
참아내야만 하는 긴 침묵의 시간

불현듯 누군가 부르는 소리
터져 난 꽃봉오리들의 거역 못 할 아우성

꽃잎의 거룩한 하강이 쏟아져 오고
땅에는 비로소 뜨거운 기운에 아찔한 몸부림

석등에 불이 켜지고
메마른 나뭇가지에도 꽃등이 걸리고

웅크려진 어깨 위에도 기운이 솟는다
날개가 돋는 아픔이면 함께 즐기련만

꽃잎을 흠모하여 창공을 나는 새들의 비상에 맡기고
조용히 귀는 열어야만 하리

이름 없는 동산 / 유석희

굽어 꼬부라진 어머니의 잔등 같은
구부러진 소나무 길을 돌아 오르노라면
눈물이 굴러떨어지고야 만다

이름도 없이 잔등을 내어주는 산
인생길은 그리도 꼬불거리고
돌아서만 가야 했던 더딘 길이었으리

밤이면 신음인 듯
개구리울음 울려나고
아카시아 하얗게 지샌 밤은 밤꽃을 부르고

살길 찾아 떠난 새끼들 같은 찔레꽃은 들녘을 밝히고
마마님 방향 품은 장미 처마를 둘러 붉을진대
굽은 등에는 들녘으로 길이 난다

비로소 고단한 등이 뉘어지면
어둠을 밝히는 하얀 빛이 오르고
새벽을 붉은 열정이 수놓는다

하얀 백련을 닮았던 눈가에
부레옥잠처럼
그늘을 따라 주름 늘어지고

인생이라는 거
하얀 웃음이 주름 속에 웃고

붉은 열정일랑 감당할 길이 없어라
연못에 검붉은 산 그림자 조용히 내려앉으면
억겁의 밤의 여신 달빛이 웃고

붉은 열정을 채우는 공간 하나 짓는 것

꽃이 진 후 / 유석희

꽃밭에서 아름다움에 흠뻑 취하지
마음마저 착해지는 듯
하얗게, 노랗게 물들어가는 양 노닐다가
벌, 나비와 한마음으로 자유롭던 영혼
꽃밭에 벌, 나비로 구속되어지고

나는 꽃밭을 지나서야 꽃을 안다
꽃잎이지는 것은 자유라는 것을
또 다른 내일과 새로운 의미를 찾는
자유로운 영혼이 가야 할 길
장면 장면이 이어지는 새로운 여정으로

날개도 없이 바람에 이르러 날아 자리하는 꽃잎처럼
너로 하여
알지 못하여 알았네라
진정 하나로 이르는 길을
끝없는 여정을 자유로이 찾아가는 길을

둥지 / 유석희

그들의 둥지 사이에는
벽이 필요치 않았다
문패 따위 더더욱

윗집 아랫집
서로 그렇게
바라보며 지켜주며

나누고 함께하는 고향이라
까치는 노래한다

아름다운 순간 / 유석희

꽃잎은 지는 순간 기다려
하늘을 바로 볼 줄 안다
이제는 정면으로

지친 하루해
서산마루에 머물러
가장 멀리 비추는 것과 한가지리

찰나의 눈맞춤
무언의 약속으로

돌아가는 순간이
아름답다

유석희 시인

사연 / 유석희

너의 너른 품만큼이나 큰
마음의 공간 열어
아름다운 사연들 담아내리

꽃처럼 아름다운 사연들...

진리가 퇴색하는 세상에서
결이 고운 사람들이
넉넉한 마음으로 살아내는 노래

하늘 향해 부끄럼 없는
해바라기 바람 담은 이야기

벌과 나비, 바람이
기꺼이 담아가는 수고를 아끼지 않을
영혼의 소리

절정의 蓮 / 유석희

거칠 것 없는 열기 속
뿌연 어둠이 걷히고
하얀 아침을 알리는
원초적 불덩이에 웃는 蓮

밤샘 몸부림으로 달아오른
수줍은 여인네의 속살 같은
열정의 빛이
밤의 역사를 벗는다

이른 아침 맞이하는
절정의 빛이여!

유석희 시인

삼밭 / 유석희

어둠의 땅에
깊은 뿌리 내려
생명의 신비를 관장하려

무리 지어 나는 새들의 신비로운 소리 따라
강물 안고 익어가는 감자 꽃 언저리
조용히 숨죽이는 생명의 신비

신비로운 기운 받은 존재들
무슨 뜻을 품어 새겨
어떤 소리 쏟아내려나

시인 **윤춘순** 편

♣ 목차

 🎵 시낭송 QR 코드

제　목 : 부부
시낭송 : 박순애

프로필

대구 거주
대한문학세계 시 부문 등단
(사)창작문학예술인협의회 회원
대한문인협회 대구경북지회 정회원
2015년 7월 대한문인협회 금주의 시 선정
대한문인협회 낭송시 선정
2015,2016년 특별 초대시인 작품 시화전 선정
〈수상〉
한 줄 시 짓기 전국 공모전 장려상(2016)
한국문학향토문학상(2016)
명인명시 특선시인선 선정(2017)
〈공저〉
특별 초대 시인 시화 작품집 "유화에 시의 영혼을 담다"

윤춘순 시인

사무친 그리움 / 윤춘순

푸른 파도
밀려와도
애달픈 그리움 가실 길 없어
애타는 마음

은빛 그리움
뚝뚝 흘러내려도
보고픈 사랑은 만나지 못해
늘 그리는 마음

해거름 녘
붉은 노을 서려도
햇물녘이면 다시
해바라기 미소 짓지만

아득한 그리움은
한 줄 사연도 없이
달랑
그림 한 장 보냈을까

큼지막한
해바라기꽃에
깊이를 가눌 길 없는
검푸른 바다의 그림

가고 싶다
보고 싶다는 무언의 글
울컥,
얼마나 사랑했으면.

상사화 / 윤춘순

사랑하다
사랑하다 못내
가슴에 불 지핀 상사화여

아리다
아리다 멍들어도
영원히 함께하지 못해
아직, 그대 사랑 열렬하다고
해마다
가슴 언저리에 피우는

사랑으로
그리움으로
아픔으로 토해내는
영원한 기다림의 꽃무릇
만인의 그리움이어라
참사랑이어라.

상사화 : 석산, 꽃무릇 같은 이름. 수선화과의 같은 조상. 여러가지 색상이 있다.
꽃말은 : 참사랑.

사랑으로 / 윤춘순

알알이 영걸은
분신 하나하나
다 떨어낼 숙명 아래

긴 공백 기간
가을 햇살만큼은
너무도 이롭고 고귀하다

나 하나 불태워
사랑이 되어 온다면
나 하나 희생하여
그리움으로 아롱진다면

나이테 하나
천륜으로 부여잡고
봄 아지랑이 꿈꾸며

색색 오색
값진 가을옷 한 벌씩
사랑으로 입는다.

지독한 사랑 / 윤춘순

홍엽 일더니
태클을 걸어왔다

문어발 같은 것이
온몸을 옥죄며 독침까지 쏘는
지독한 사랑이었다
꼬박 사나흘 함께 뒹굴었다

가쁜 숨
머리는 빙빙 입은 바싹바싹
극심한 갈증 일어
정신은 몽롱

벗어나고 싶어
귀신도 운다는 짬! 뽕!
눈물 콧물 땀 범벅
기겁하고 도망간다

그
죽일 놈의 사랑.

윤춘순 시인

사랑해야지 / 윤춘순

이리도
좋은 호시절인데
이리도
좋은 장미꽃 피어 난린데
내 허허로운 심사
어쩌지를 못하고
어디론가
훌쩍 떠나고 싶은 건
왜일까

모든 게
마음먹기 달렸다지만
다시 마음잡아 먹어도
뻥 뚫린 마음은 가실 길 없어

삶의 굴레에
치여 산다 하더라도
자신을 다시 사랑할
여지를 주고픈 나에게
아직은 빠져나올
궁여지책이 없다 하여도
훌쩍 떠나고는 봐야지
꽃피고 비둘기 노래하는
푸르른 계절에.

두견화 피울적에 / 윤춘순

저 붉은 산 노을
암사슴같이 날래게 치닫는데

지금은 애먼 길
만날 수 없는 애타는 마음

두견새 울적엔
옛 그리움에 사무치었고

두견화 환히 피울 적엔
사랑이 오리, 사랑이 되어 오리.

윤춘순 시인

사랑한다면 / 윤춘순

당신은 애주가
저무는 하루 뒤로할 땐
예쁜 유리컵으로
포도주 한잔에 행복한 미소

당신은 애연가
끊으려야 끊을 수 없어
중독 강한 니코틴에 매료도어
상념에 젖는 신사

당신은 애처가
몸짓 속에 사랑이 묻어나는
짜쌰, 쌔꺄 하며 아내를 부르는
오라비 같은 당신

아이들 자랄 때
아무 거리낌 없이 사용하던 애칭이
아들이 누나인 딸에게 　　　　근래엔, 친손주 소식에
짜쌰. 쌔꺄라 부르다 　　　　볼에 볼 비비고 살포시 안고 싶어
한바탕 웃음을 선사하더니 　　　몇십 년을 달게도 마셔대던
　　　　　　　　　　　　　　담배를 용케도 끊어낸
　　　　　　　　　　　　　　당신은 멋진 나의 동반자.

부부 / 윤춘순

모난 돌이
둥근 돌이 되듯
구르며 닳으며 살아낸 인생

모자라면 채워주고
잘못하면 보듬고 덮어주며
늘 함께였던 생의 고락

모습도 닮아
몸짓마저 닮아버린
필연으로 맺어진 연

이왕지사
함께 산다면
더 많이 사랑해야지

끌림으로 온 날부터
네 맘이 내 맘 같고
내 맘이 네 맘 같아

눈빛만 봐도
다 알아보는
연륜이 묻어나는 우린 부부

윤춘순 시인

도래 꽃 연정 / 윤춘순

백도래 꽃방에
보라도래 씨
보라도래 꽃방에
백도래 씨
한배를 타고 둥실둥실

산에
들에
남실남실 바람 타고
날마다 마주 보며 생글생글

시시때때로
사랑한다 사랑한다 부둥켜안으니
천상배필이 따로 있으랴

처녀성
도래 풍선 뻥 터지면
하늘이 내 것인 양
온통,
도래 꽃 사랑 도래 꽃 타령

별 인양
별 같이
푸른 창공 면경으로 알아
겸손되이 순정되이
피고지고 피고지고

때로는
하늘의 숨결인 양
운무 자욱이 감돌아
포근히 안기고 푼
도래 꽃 연정

갈 볕 사랑 / 윤춘순

갈 볕
소담히 스러지는 토담이
사랑이 그리움이
때론 풍요로움이 삭혀
어딘들 스미고 싶다

갈 볕
어느 곳이든
나쁜 기운이면 무엇이든
마구마구 헤집어 내어
오롯이 다 태워버리고 싶은
아주까리기름 같은
이로움이 되고 싶다

갈 볕
뽀얀 분 같은 것으로
말캉말캉하게
꾸덕꾸덕하게
때론 달캉달캉 하게
갈 볕 스미어
안으로
안으로만 스며들고 싶다

내 어머니는
갈 볕이라면
치마까지 펼치고서
곱단 한가을을
소담스레 퍼 담고서
부뚜막으로
장독으로
풀 방구리 드나들듯
자꾸자꾸 퍼 나르고는

갈 볕 소담히 내리는
토담이 에서
평생의 삶을 내다 걸고
말리고 또 말리고 싶어 했다
갈 볕만큼 정가는
사랑이 어딨냐면서

시인 **이광섭** 편

🎵 시낭송 QR 코드
제 목 : 풀빛 인연
시낭송 : 박태임

시작노트

글을 쓴다는 것은 마음을 연다는 것이라는데
내 속에 있는 삶의 흔적들을 조금씩 토해내듯
써내는 시인의 길이 그리 녹록지 않다는 것도
이제 겨우 알게 되었다.

그래도 살아있는 세월이 감사하고
이렇게 가슴속에 담겨져 있는 것들을
글로 시로 써낼 수 있는 작은 능력을 주신 것도
참으로 신께 고마워할 일이다.

살아가는 세월이 깊어질수록
내 삶도 내 시도 그만큼 깊어지지 않을까
이 작은 재주를 허락한 신의 축복에 감사하며
한 편의 시 일지라도 알아주는 한 사람이 있다면
그런 행복한 시인으로 살고 싶다.

인연 / 이광섭

언젠가
인연이 있으면
강물 같은 그대를 만나겠지요

언젠가
인연이 있다면
구름 같은 그대를 만나겠지요

세월은
유수 같아
만나지지 못할지라도

세월이
돌고 돌아
다시 또 그 자리면

오늘 우리
그리움에 사무쳐서
이렇게 만났듯

내일 살아가는 세상
어디쯤서
그대를 만나겠지요

그래서
세월은 멈추지 않고 흘러가는
강물과 같지요

그대와 나의 인연은 / 이광섭

살다 보면
이 모양 저 모양으로 이어지는
수많은 인연이 있습니다

많은 인연이
하늘에 흘러가는 구름처럼
스러지듯 잊힌다지만

오늘 이렇게
나와 그대에게 이어진 인연은
구름같이 잊히지 않기를

살아가다가
어쩌다 떠올리는
가벼운 인연이 아니라

아침에 눈을 뜨면
햇살처럼 눈부신
꿈결 같은 인연이길

나는 그대의
깊은 가슴에 담기는
그런 인연이길 원합니다.

그대 가슴은 물빛이어라 / 이광섭

그대 가슴은 물빛이어라

화사한 꽃과 푸른 숲을 담은 채
아릿한 설렘으로 사랑을 노래하던
그대 고운 가슴은 물빛이어라

빛나던 태양 파란 하늘을 담은 듯
그리움에 슬픔이 아롱지던
그대 가슴은 물빛이어라

낙엽이 하나둘 서럽게 떨어져
서걱대며 뒹굴던 그 길처럼 가을 담은
그대 가슴은 물빛이어라

회색으로 채워진 하늘에 가득한 외로움이
눈꽃으로 흐트러질 때 눈물을 흘리던
그대 가슴은 물빛이어라

한 조각의 사랑에 정열을 쏟은 채
마르지 않는 샘물같이 변치 않을
그대 가슴은 물빛이어라

이광섭 시인

나는 지금 그대에게 편지를 쓴다 / 이광섭

나는 지금 그대에게 편지를 쓴다
높고 푸른 하늘
늦가을의 햇살이 따사로운 창가에서
사랑하는 그대에게 가을빛 가득 담긴
달짝지근한 편지를 쓴다

커다란 유리창 너머
파란 무 이파리 살랑거리는
텃밭 울타리에 고추잠자리 뱅뱅 날고
불어오는 바람에 황갈색 나뭇잎이 떨어져
땅바닥 위에 서걱대며 휩쓸려 다니는데

잠깐의 여유 속에
가을이 깊어가는 소식을 전한다
가을은 깊은
숲 언저리의 단풍이
물들어가는 것보다 빠르게 깊어 가는데

돌아보면 가을은 아직
그대와 나 사이에서 떠나지 못하는데
잠자리는 가을 숲 언저리
무밭 울타리에 여전히 뱅뱅 돌고
잠시 행복한 그리움에 빠진다.

인연 그래서 인연 / 이광섭

설레는 가슴으로 그대를 만나
깊은 마음으로 연결되어
인연이라는 이름으로 이어졌다

살아가는 길고 깊은 세월
만나지는 수많은 사람 가운데
우리 인연의 끈으로 묶였다

살아온 날보다 살아가야 할 날들이
더 많을지도 모르는 우리가
수많은 인생의 고비를 같은 마음으로 간다면

삶의 정점에서 함께 걸었던
발자취를 뒤돌아볼 때
의미 있는 삶이었다 할 수 있겠지

인연이 되어 함께 걸어야 할 남은 세월
나 그리고 그대가 서로에게
깊고 아름다운 인연인 거다

사랑이 그리울 것은 / 이광섭

살아간다는 게 그렇게
편하고 좋은 것도 자유롭고 행복한 것만도 아니다
사랑한다는 것이 그저 마음대로 만 되는 것은 아니듯
온밤 내내 칼로 가슴을 난도질해도 사랑은 점점 멀어진다

힘들고 지쳐서 한 번쯤 쉬어가다 뒤돌아본들
사랑이 처음처럼 온전히 돌아올까
끊어 버리고 뒤집어 버리는 갖가지 이유를 끄집어내는데
사랑이 어찌 그 하나로 온전할까

살다 보면 의도하지 않은 잘못도 있을 진데
용서받지 못할 죄는 없고 용서할 수 없는 죄도 없다는데
사랑에 인생은 걸고 사랑에 목숨을 걸었거늘
그거 하나로 이해하고 용서하면 안 되는 걸까

세월 지나 인생의 어느 곳에서 한 번쯤 돌아보고 추억할 때
그 품은 사랑이 진실했다는 마음이 든다면 이미 늦은 것 아닐까
지금 이해하고 용서할 수 있을 것을 그리하지 못하고 미워하는 것은
사랑이 깊지 않았거나 애초에 사랑하지 않았기 때문일까

인생이 그런 것처럼 한 구비 돌고 한세월 또 돌아 살다 지치면
그 사랑이 그리울 것을

비원 / 이광섭

나 그리워 눈물로 밤을 지새울 때
너 상념에 젖은 가슴으로 편지를 한다

세월은 그리움만큼 깊어가고
바람은 그렇게 몰아치는데

가슴 언저리에 혹처럼 붙어있는 그대를 향한 비원은
싸늘한 바람만큼 서럽게 한다

돌아서지 못해 묻어둘 수 없는 그리움은
가슴 깊은 곳에 세월만큼의 두께로 겹겹이 쌓인다

사랑한다고 그리워한다고 했던 가
사랑만큼 그리움이 깊던 가

어쩌다
사랑이 멈추는 날

두꺼운 삶의 담장도 비바람에 스러져 허물어지듯
그 생처럼 멈춰질 것을

사랑하라 삶이 멈추는 날 그날까지 사랑하라
길은 그 하나뿐인 것을

사랑 한다면 / 이광섭

사랑한다면 우리

봄비 같은
사랑을 하고 싶다
사랑한다면 우리

그리움에 울지 않을
사랑을 하고 싶다

사랑한다면 우리

기다림이 외로움이 되지 않을
사랑을 하고 싶다

사랑한다면 우리

영원히 꺼지지 않는 불꽃 같은
사랑을 하고 싶다

사랑한다면 우리

세월의 깊이를 담을 수 있는
사랑을 하고 싶다.

사랑한다면 우리

깊은 세월을 함께 할 따뜻한
사랑을 하고 싶다

풀빛 인연 / 이광섭

어쩌다 한 사람을 알았습니다.
어쩌다 한 사람을 담았습니다.

하늘은 먹빛이었는데
마음은 풀빛이었습니다.

잠시 돌아보면 보일 것 같고
잠시 머리를 쓸어 올릴 만큼 찰나의 시간엔
스쳐 가는 그림자처럼
이미 보이지 않는 먼 바람이었습니다.

때론 허전함으로 인해 휑하니 빈 가슴이 되고
때론 마음에 비가 내리기도 합니다.

산다는 것
안다는 것
생각나게 하고 그리워하게 만듭니다.

내 마음이 그리하면
그 마음도 그리 할 겁니다.

그래서 우리는 삶의 한 모퉁이에서
잠시 인연이 될 듯한
풀빛 같은 가슴들입니다.

이광섭 시인

가을 이별 / 이광섭

낙엽 따라 가을은 사라지고
붉디붉은 저녁노을 불타는 가슴에서 피어나는데
먼 하늘 텅 빈 들판에 가슴만 에이는 그리움

간다고 하여 버릴 수 있는가
돌아선다 하여 잊을 수 있는가
가슴은 텅 빈 들판처럼 황량하기만 한데 나는 어디에 있는가

한 모퉁이 돌아 나는 세월이면
가슴에서 잠들었던 그리움마저 북풍에 길을 잃고 쓰러지는데
그대는 누구이며 나는 누구인가

생각하지 마라.
내 삶이 너의 것이었고 너의 삶이 내 것이었다는 기억조차도
없는 건 어디에도 없고 아무리 찾아도 없다

그저 비바람에 부러진 가지처럼
삶도 부러지고 세월도 스러졌던가
깊고 깊은 한세월 뒹구는 낙엽처럼 슬픈 세월아

저 노을 지고 눈보라 내리는 날
우리 닳고 흐트러진 가슴
부여잡고 몸부림칠 날도 있지 않으랴

그래 낙엽은 언젠가 잎으로 돋아나고 북풍은 언젠가 미풍으로 불어올 터
이 가을 이별이 되어도 우리 다시 만나지는 날
가슴에 얼어붙은 슬픔은 꽃잎으로 다시 필 것을

시인 **이민숙** 편

♣ 목차

♪ 시낭송 QR 코드
제 목 : 봄과 여심
시낭송 : 김락호

프로필

서울 거주
대한문학세계 시 부문 등단
(사)창작문학예술인협의회 회원

대한문인협회 이달의 시인 선정
대한문인협회 금주의 시 선정(2017년 5월 1주)
대한문인협회 좋은시 / 낭송시 선정
순우리말 글짓기 전국 공모전 은상(2017)

이민숙 시인

소나기 사랑 / 이민숙

빗방울
숫자만큼
너에게 가고 싶다

구멍 난 하늘도
토해내듯 울고 있어
눈물에 씻기는 내 가슴도
아픔에 저민다

온 거리에
눈물 같은 소나기가
강물 되어 흐르면
그리움의 배를 타고

그대가 있는
무지개 핀 언덕까지
나는 가련다

봄과 여심 / 이민숙

꽃잎이 하나둘 떨어져
꽃대만 남았어도
나는 그대를 기다리겠습니다

꽃분홍 빛깔이
연초록 물감으로 물든다 해도
나는 그대를 기다리겠습니다

가녀린 가슴 부여안고
하늘거리는 바람에
상처 입었지만, 그대만이
치유라는 것을 알았기에
그 끈을 놓지 않으렵니다

초록빛이 노란빛으로 물들고
하얀 겨울빛으로 변하여도
그대 다시 온다는 그 약속 믿겠습니다

그대를 기다리는 까닭은
그대의 따스한 손길만이 상흔들을
되돌릴 수 있기에 잊지 않으렵니다

이민숙 시인

그림자 사랑 / 이민숙

한 발짝 뒤에 소리 없이 있을게 부끄러워서
네가 어디를 가던 항상 등 뒤에서
너를 지킬게 걱정되어서

늘 같이 있고 싶을 만큼 너를 사랑하지만
말은 하지 않을게 네가 부담스러워 할까 봐

앞만 보고 가다가 지치면 뒤를 돌아봐
살포시 앉아 의자가 되어줄게

네가 언제나 반짝반짝 빛날 수 있게
어두운 곳은 내가 있을게 난 그래도 좋아

비로소 빛이 없는 곳에서는
네가 허락한 사랑이라 여기고
순백의 마음으로 하나가 될게

네 생명 다하는 날까지
그림자 되어 영원한 동반자가 되어 줄게

홍매화 사랑 / 이민숙

엄동설한에도
고귀하게 핀
순결의 꽃

그 많은 유혹을
단칼에 베어내고
정조를 지켜
오롯이 그대 앞에
피었구나

꼭 다문 그 입은
할 말을 삼키고
분홍빛 치마 속에
겹겹이 속살 감추고
꽃망울에 향기를 피워 내니
발길 멈추게 하는구나

아!
순결의 꽃
그대 앞에 활짝 피워
꽃잎 하나씩 날릴 때면
꽃잎 띄운 차 한 잔에
그대와의 사랑도
홍매화가 되어라

이민숙 시인

고마운 당신 / 이민숙

아득하고 먼 길 걸어왔습니다
교회 오빠로 만나
첫사랑이 결실을 보더니
그 풋풋한 세월은 자식들에게 내어주고
그런 아들이 그때 우리 나이가 되었습니다

가난하게 시작한 살림은 부족하고
어려운 순간도 있었지만
맞잡은 손으로 하나씩 이루어
단란한 가정을 꾸미고 있는 것은
늘 져 주는 당신이 있기 때문입니다

카랑한 목소리로 따져도
내 편이 되어서 지지해주던 당신이 있어
더욱 힘을 얻습니다

사소한 일들도 한결같이 뒤에서 챙기고
내가 병원에 갔을 때도
내 곁을 지키던 당신 참 많이 고맙습니다

아들 둘 엄마에게 말 한마디라도
잘못하나 눈여겨보고
엄마에게 효도하라 가르치니
말은 안 해도 당신이 참 많이 고맙습니다

음악 하는 여자를 만나
변변한 밥상 제대로 챙기지 못해도
주말이면 멸치볶음 카레 부추 전을 하는
당신 뒷모습은 가족 사랑이라 말하렵니다

입안이 깔깔하여 단맛이 생각날 때
커다란 수박 들고 들어오는 당신
캔 맥주 오징어포를 들고 한강 둔치를
따라가 주는 당신이 고맙습니다

안개꽃 당신 / 이민숙

순결의 하얀 미소
수줍어 소리 없이 하늘거려요

송이송이 담은 순백의 사랑
하얗게 풀어놓아 눈길 머물게 하네요

새벽을 품은 이슬방울 같은 당신
밤새 그리움에 떨고만 있었나요

마음 둘 곳 없어 한없이 방황하다
혼자는 외로워 군락을 이루니
고요한 새벽을 깨우는
첫사랑 안개가 되었나요

내 사랑 안개꽃 당신
해님 같은 꽃을 언제나 감싸는 안개
한 발짝 뒤에 있어 뿌옇게 보이지만
우리 손 잡고 조금씩 앞으로 가 볼까요

빗방울 속 그대 / 이민숙

창가에 알알이 구르는 빗방울은
그대 얼굴이어라

비가 되어 오시려나!

또르르 또르르 흐르면 사라지고
또다시 나타나
그리움은 한없이 커지네

오늘따라
같이 듣던 야상곡은
심장을 파고들어 애절하게 흐르고

그 카페 그 자리에 차 한잔 놓고
그 시간 속에 머무르네

그대!
금방이라도
저 문을 쓱 열고 들어와
활짝 웃어 줄 것만 같은데

오시려나!
오시려나!

아들 / 이민숙

좋은 엄마가 되어주고 싶었어
따뜻하고 소소하게 행복을 느낄 수 있도록
다독이며 품어야 했어

그러나 현실은
결혼 전부터 운영하던
음악 학원을 정리할 수가 없더라

아들은 뒷전으로 점점 밀리고
일이 먼저가 되어있는 현실이
안타까웠지만 어쩔 수가 없더라

일과 아들을 놓고
저울질해가며 허둥대는 일상은
늘 일이 먼저였어
너를 챙기지 못해
마음 한쪽은 수시로 불안했어

너는 어두운 곳에 꼼짝 못 하게
앉혀놓고 네 또래 아이들에게
드레스 입히고 턱시도를 챙겨
무대에 올리느라 네가 울고 있는 걸
잊을 때도 잦았어

어느 날 또래들 긴 줄 틈에 세워보니
중간에도 끼지 못하는 너를 보고
가슴이 아프더라

너에게 쏟아야 할 정성과 사랑을
일과 바꾸고 있는 현실이
늘 안쓰럽고 짓눌린 마음이었어

둘 다 잘하고 싶은데
눈물이 핑 돌아 볼을 덮을까
하늘을 보고 눈물을 훔친 적도 많았어.

그런데도 반듯하게 자라준
아들 정말 고마워
조금만 더 내게 마음 문을 열어주렴

내가 아들을 외롭게 했던 만큼
이제는 내가 외로울 것 같아 먹먹하지만
그래도 나는 할 말이 없다

어설픈 내 사랑을 받아줘
네가 나를 기다려 준 것처럼
나도 너를 기다릴 거야

이민숙 시인

촛불 사랑 / 이민숙

내 사랑을 심지 위에
피워 놓았습니다

무릎 꿇고 기도하는
당신의 애끓는 마음을 알기에
촛농으로 흐르는 눈물은
그 기도를 응원합니다

화촉 밝혀 축하하는 노랫소리
그 기쁨을 알기에
환한 불꽃으로 화답합니다

그대를 위해서라면
눈물도 불꽃도 모두 드릴 수 있어
다행입니다

그대는
가장 힘들 때 나를 찾고
가장 좋을 때 나를 찾으니
밝은 불빛으로 당신의 발길 비추겠습니다

언제나 어두운 그림자 있는 곳
내 사랑을 불꽃으로 피우겠습니다

그대라서 보고 싶습니다 / 이민숙

무성한 나무 그늘에
더위를 식히려니
불현듯 당신이 보고 싶습니다

카페라테 생각에
커피잔을 앞에 놓았는데
홀연히 날아들어 그대가 보입니다

쇼팽의 야상곡 선율에
내 마음 실어보지만
그대 은은한 목소리가 따라옵니다

자동차 운전대를 잡고 보니
옆자리에 당신이 있어 화들짝 놀랐습니다
머리를 흔들어 그대 쫓아봅니다

그런 당신 이번에는
냉면 그릇 앞에서 턱을 고이고는
나를 빤히 보고 있네요
나는 또 머리를 흔들어봅니다

그대
웃지 않아도 좋으니
내 마음속에 있지 말고
밖으로 나와 내 곁에 앉아주세요
그대라서 보고 싶습니다

시인 **이서연** 편

♣ 목차

🎵 시낭송 QR 코드
제 목 : 우표 없는 편지
시낭송 : 박영애

프로필

2012.10.21 캘리포니아 주립대 AMP 수료
국제로타리클럽 3600지구 선유RC 2013~14년 회장

2017.3.19 대한문학세계 시 부문 등단 (유년의 뜰)
2017.5.1 시 자연을 읊다CD 발표
대한창작문예대학 졸업 작품 경연대회 동상
2017.6.17. 한 줄 시 짓기 공모전 동상

〈동인지〉
수평선 저 넘어에는
달빛 속을 거닐다
대한창작문예대학 졸업작품 "비포장길"

"이서연 시인의
詩 자연을 읊다."

가을 향기 기다리는 마음 / 이서연

파란 가을 하늘 상쾌한 바람
불어오는 날 온 천지 고운 단풍
물들어 가면 아름다운 무지개
피고 가을이 깊어 가는 길

코스모스 춤추는 계절 아름다운
가을은 내 마음에도 고운
향기처럼 흐르며

서늘한 바람불면 창가에
귀뚜라미 노랫소리
은은히 들리는 내 마음의
소리 그 향기 가득 담으며

임 그리운 가슴에 따끈한
차 한 잔 그리워라

그 잔에 사랑의 설탕 가득 넣고
기다린 마음의 그림자
찻잔 속에 흐르는 그윽한
향기에 묻혀 취하고

따스한 찻잔에 그리움 묻어나면
아득한 그 향기 속으로
아름다운 가을 단풍 길을
다정히 걷고 싶어서

단풍이 물들어 오는 향기로운
길 차분히 임을 기다리며
은빛 반짝이며 춤추는 드넓은
억새꽃밭으로 반짝이는

아름다운 한 폭의 그림
가을 향기 그대의 마음
살며시 찾아오는 이 가을
향기 기다리는 마음

그리운 계절 떠오른 임의
그림자 가을 깊어만 가고
계절의 감성 가을의 심성으로
그대 기다리고 푸른 잎

계절의 변화 빚어낸 풍경
예쁜 단풍 가슴으로 보고
내 마음에 가을은 한없이
아름다운 사랑이여

쪽빛 하늘 저 멀리 이 마음
전하고 바람결에 기다리는
마음 임 오실 그 날을
손꼽아 기다립니다.

이서연 시인

안개 비 / 이서연

아무리 우기려 해도
나타나질 않네
그런 너를 나는 찾아 헤맨다
저만치에서 다가와서는
나를 안은 채 놓고 가는 너는

가지 말라.
붙잡으려 해도
나는 잡을 수가 없고
그런 너는 말없이 떠나가려 하네
축축한 너에 입김을 남긴 채

함께 하려 해도 함께할 수 없는
그런 너는 보이지 않는 안개비
두 팔 벌려 안으려 하면
맘껏 품에 안기고 안으려면
사라지는 너는 안개비

마음마저 적시고
영혼까지 적시고 떠나가는 너는 안개비
그런 너를 나는 마음에 담아두려 애써본다
여운에 꼬리를 남긴 채
떠나가는 안개비

우표 없는 편지 / 이서연

두서없이 순서 바뀐 편지를 써보지만,
그냥 사랑하고 그립다는 이유 하나만으로 쓴 편지
너에게 보내려 하지만 보낼 수가 없어
어떻게 보내야 할지

주소를 몰라 우표를 붙일 수가 없어
종이배 접어 강물에 띄워보지만
출렁이는 물 배달하길 거부한 채 바위에
처박아 두고 흘러가는 강물 밉지만
어쩔 수 없네

다시 쓴 편지 지나는 바람에 전해달라며
부는 바람 등에 업혀 보낸다
받아보았음. 좋으련만
받아보질 못했나 보네

가을날의 추억 만들기 / 이서연

이대로 돌아서기에는 너무나 아쉬움이 많아서
자꾸만 미련이 앞을 가로막아서네
푸르른 초원에서 흰 구름 들러리를 서주고
갈바람은 이마에 비치는 땀 닦아주며
맘껏 뛰노는 어린아이처럼 오늘에 나는 행복했다

아름다운 추억은 곁에 머물며
말없이 날 따라오네
빨리도 달음질치는 가을날에 하루는
아쉬움만 남긴 채 붉은빛으로 변해만 가는
하늘은 오늘과 아쉬운 작별을 하려 나보다

언덕배기에 억새는 애꿎은 미련만 안고서
떠나는 뒷모습만 물끄러미 쳐다보며
고개를 떨군 채 아무 말도 하지 못하고
하얀 머리 바람에 날리며 작별인사만 한다

이대로 돌아서 갈 걸 왜 내가 찾아 기뻐하려 했던가
조각난 나의 감정의 서글픔에
하루를 씹으면서 풀잎 사이로
새어 나오는 해맑은 별빛만 줍고 싶다

오늘 나에 이지러진 청춘을
가을 하늘 석양에 띄워 보내며
발걸음 헤아리며 돌아서야만 했다
스산하기만 한 가을바람
입술을 적시고는
전봇대 열을 지어 먼 산을 뒤로하며
나는 오늘에 안녕하며
훗날에 아름다운 추억이 되길 바라본다

이서연 시인

돌아서 가는 노을 / 이서연

한 잔술에 취했나
날 보고 수줍어서 얼굴 붉히는가
아름답고 예쁜 너

서성이며 두리번거릴 때
등 뒤에서 살며시 깨금발로
돌아가려는 그 모습 못 본 체하는 맘

저만치에서 뒤돌아보며
어서 집에 가라 하고 잰걸음으로
가는 너

곱게 화장을 했나
붉은 얼굴에 환하게 빛이 나고
웃는 그 모습 아름답기만 하여라

돌아서 가는 오늘은 노을 앞세워가며
멍하니 바라보는 내게
산들바람 살며시
볼을 간지럽혀 주고 간다

메뚜기 / 이서연

여름 더위 풀숲에 숨어
아름다운 가을날
맘껏 뽐내려 이리저리 뛰놀다 잡혔다

친구들도 함께 잡히니 행복하지만, 어차피 이것이 운명이고
우리네 일생인 것을

예쁘고 날지도 못한 깃털도 없는
큰 아름다운 새는 부리로 쪼아 잡아먹질 않고
가두어두며 좋다고 한다

어둠이 찾아올 때쯤에 우리는 모두다
크나큰 쇠로 된 집에 갇힌 채 붉게 선탠을 마치니
기뻐하며 큰 새는 하나씩 사랑하며
진한 키스에 온몸을 씹으며 기뻐한다

메뚜기는 이렇게 변신한 다음 진한 키스에
사랑받으며 알몸 되어 간다

가을 속 노을 / 이서연

높고 푸른 창공 날듯 흰 구름 떠 내려다보는 한낮에
힘없이 다가와 살며시 곁에 머문 다 가는
가을바람

옷깃을 흔들며 이지러진
가을에 청춘을 띄워 보내려
건드리고 지나는 바람

머리는 현혹되어 따라나서려
나풀대며 자꾸만 끌어댄다

지는 노을 속에 숨은 해맑은 햇볕은
풀잎 속으로 내밀며 미소 짓고 숨어버리며 지는 노을 속에 붉은
입술은
긴 입맞춤으로 내게 오늘을 이별한다

뒤돌아서며 우리는 작별 없이 서로에 안녕을 물으며
고달픈 바람 소리에 눈을 감아 걷는 발걸음
여윈 추억만이 나와 동행을 한다

메밀꽃 핀 밤에 / 이서연

달 밝은 밤에
새하얀 눈밭에는 풀벌레 울고
선녀의 스킨로션 떨어져 내리는 이슬 듬뿍 맞으며 달맞이를 하
는 산촌에
작은 마을 조그마한 자갈밭

지나던 바람도 숨죽여 흐트러지지 않게 하려 돌아서 가버리는
하얀 흰 눈 꽃밭에는 지금도 촉촉이 젖어 달을 쳐다보며 웃고 있
는데

오가는 이도 없는
인적 없는 비탈진 곳에서 이 한 밤 지새우며
저 아래 마을만 바라보지만
그렇게 사랑한다는 선남선녀는 이제 날 찾아오려 하질 않는가
보네

이서연 시인

코스모스 꽃 / 이서연

더위에 지쳐서 시원한 바람
가을을 마중하려 흔들리며
미소 짓는 너의 아름다움

일찍이 신에 습작으로 만들어진 꽃이기에
가꾸지도 못한 채 그 아름다움 간직하고
슬프지만 기쁨에 웃는 가을날에
아름다운 소녀의 미소인가

수줍음 가득한 소녀의 순정은
가을에 고추잠자리 비행하며 푸른 하늘 높이 날아
기뻐 즐거움에 춤을 춘다

가을에 소녀는
따사로운 햇볕에 노닐고
가녀린 몸 아름다운 미소에
바람 따라 춤을 춘다

시인 **이옥순** 편

♣ 목차

🎵 시낭송 QR 코드

제 목 : 보고 싶은 그대
시낭송 : 최명자

프로필

인천 거주
방송통신대학 국어국문학과 졸
대한문학세계 시 부문 등단
대한문인협회 17년 "시 자연에 걸리다" 전시
대한문인협회 낭송시 선정
좋은문학문인협회 작가대상
좋은문인협회 우수회원
대한문인협회 서울인천지회 정회원
민주문인협회 민주문학 우수회원
한국문학동인회(시객민가)정회원

동인지 : 민주문학. 책나무출판사.

오은문학.좋은문학. 한국문학동인.
대한문협서울인천동인지. 공저

이옥순 시인

그대 내 마음에 / 이옥순

그대 나의 가슴 깊이 새겨진
나의 심장처럼 멈출 수 없는 사랑
날마다 그대 소식 바라보는 마음
그대 기쁨이 나의 기쁨 되고
슬픔과 아픔은 나의 아픔이 되니
그대 바람이 나의 바람입니다

바라만 보아도 알 수 있는 그대 마음
가슴 메도록 울컥 솟아오르는 눈시울
기쁨과 감사로 가슴 녹이며 흐르고
슬픔도 기쁨도 감사도 함께 하는 간절함
변할 수 없는 깊은 마음의 사랑입니다

어두운 터널처럼 앞이 망막할 때도
두렵지 않은 것은 그대 사랑의 빛이
어둠을 이기고 빛나기 때문입니다
함께 바라는 사랑과 평화의 길
갈망했던 소망의 첫걸음 희망 빛입니다.

영원한 내 사랑 / 이옥순

사랑이여 내 사랑이여
장미꽃 라일락 향기 푸른 계절에
그대 바라보며 끝없는 사랑을 배워
그 사랑 담아 오롯이 그대에게 보냅니다.

아름답고 사랑스러운 그대여
그대 모습 긴 생각에 잠기면
이 자리 텅 빈 늦가을 들녘 같지만
흔들림 없는 이 마음 떠오르는 태양입니다

그대 내 곁에 있었던 날들
희망이고 꽃 피는 큰 축복의 나날
이제 그대 행복이 그곳에 빛나고
바라보는 이 마음 진심을 담아
사랑의 눈빛과 미소로 마음에 평화를 전합니다.

언제나 내 마음에 함께 하는 그대
날마다 변치 않는 사랑의 기도
쌓고 또 쌓아 그대 위해 보냅니다.
그것이 우리 기쁨 동행이 되어
우리 가슴에 영원한 오늘과 미래입니다.

이옥순 시인

가을바람이 흔든다 / 이옥순

가을 하늘 아름다워 그대 그리운 날들
찬란하게 물들이는 가을빛
백일홍 꽃가지 가을바람에 마음 흔들고
푸른 잎 사이사이 빨갛게 물들이는
탐스러운 석류가 눈길을 끈다

코스모스 분홍빛 설렘은
스며드는 젊음 가슴에 피여
국화 향기 가득 싣고 가을바람 타고 오른다

시원한 가을바람 보고 싶은 그대
잔잔한 운율로 달래 보지만
멈추지 않는 그리움 강물 되어
바라봄도 그리움도 사랑으로 물든다

그대와 함께하는 이 가을
찬란한 단풍 속에 세월의 깊이 배우며
눈으로 볼 수 없는 드넓은 마음 밭에
깊이 뿌리내린 애틋한 사랑
날마다 가슴에 안고 가을바람에 익어간다.

믿음 속에 그대 / 이옥순

한발 한발 나아가는 발자취
어둠 밝히는 빛이 되어 꽃피우고
그대의 진실한 한마디 한마디
그 마음 알 것 같아 따뜻한 나눔에
뜨겁게 감도는 가슴 기쁨으로 벅차옵니다

한순간도 잊지 못할 그대
사랑 가득한 눈빛은
굳센 믿음과 두려움 없는 용기
그대 흔들림 없는 사랑의 힘은
함께 나아가는 행복과 평화입니다

이 넓은 세상 우리 바램은
따뜻한 가슴 열고 날마다 맞이하는
변함없는 사랑과 믿음입니다

힘든 역경 있을지라도 함께 가는 길
희망과 사랑 속에 활짝 핀 그 열매는
밤하늘 별처럼 봄날에 태양처럼
따뜻한 가슴 되어 영원한 빛이 됩니다.

이옥순 시인

보고 싶은 그대 / 이옥순

바람 타고 밀려오는 그리움
가슴으로 파고드는 보고픈 얼굴
서성이는 마음 꼭 잡아 놓고
살며시 눈을 감으며 기도를 한다

자연 따라 바람 타고 훨훨 날아
보고 싶은 마음 그대 향해 있을 때
천년의 사랑 가슴으로 안는다

푸른 대지 품속에 향기로운 꽃들
옹기종기 피어나 웃음소리 가득한 시간
깊은 밤 되어도 소곤소곤 즐거운 행복

별빛 속에 새벽이슬 소리 없이 내려
그리움 알알이 영롱한 보석이 되어
가슴에 수놓은 그 이름 햇살에 반짝인다.

그대는 나의 동반자 / 이옥순

어둠 헤치고 붉은 태양이 힘차게 떠오르는
동녘을 바라보며 감탄에 가슴 뛰었지요
그 빛은 활짝 열어 놓은 공간을 가득 채우고
넓은 세상을 비춰 주며 바라보게 했습니다

새롭게 주어진 날 그대를 만나
희망을 보았고 함께 가야 할 따뜻한 동행
변할 수 없고 끊을 수 없는 향기 가득한
영원한 동반자임을 알았습니다

힘들고 아플 때 무거워 지치고
괴로울 때도 있지만, 사랑으로
마주 보는 그대는 오직 힘을
실어주고 위로해 주며 이끌어
희망과 꿈을 채워주는 고마운 그대입니다

비바람 불고 눈비 내리는 사계절
평탄할 수만 없지만, 그대와 함께
굳게 잡은 손 샘솟는 따뜻한 사랑
항상 감사하고 기쁜 맘으로 마주 보며
동행하는 행복의 길 오늘도 걸어갑니다.

이옥순 시인

그대 향기 / 이옥순

사랑이란 진한 향기 속에 그리움
기쁨과 행복 실어 나를 울리는 감동
진심을 담은 그대 마음 펼쳐놓아
그대 바라보는 뜨거운 사랑 눈물

마음 깊은 곳 샘솟는 사랑이여
변함없는 영원한 사랑
향기로운 그대는 내 삶의 행복
내일의 태양빛을 안고 떠오릅니다.

그리움 가슴에 방울방울 맺혀
빗방울 되어 마음의 창 열고
그대 부드러운 음성 나를 부르는
아름다운 모습에 잠자던 사랑
흔들어 일깨웁니다.

그대 향기 속으로 달려가는 이 마음
내 영혼의 행복 향기로 감싸는 그대
그대 사랑에 오늘도 눈빛 화답 보내고
고백하지 못했지만, 그대는
잊을 수 없는 나의 영원한 사랑입니다.

내 사랑 / 이옥순

내 사랑 내 님이여
그대를 사랑하는
이 마음 아시나요

내 가슴 애태우는
내 사랑 모두 담아
그대를 보냅니다

그대의 더 큰 사랑
더 큰 세상 행복 위해
그대를 보냅니다

내 텅 빈 마음 채울 수 없어
그대 향한 내 사랑 바랄 곳
그대 흔적 찾는 눈길에 두고
사랑의 기도로 채우렵니다

그대 가슴에 품고 많은 세월 품고
미소 가득 사랑과 마음 주고
내 사랑 고이고이 품었는데

그대의 아름다운 모습 아름다운 마음
이제 그리움 내 가슴 깊이 내 마음 깊이
심어놓고 그대 행복만 실어 보냅니다.

이옥순 시인

내 사랑 그대 / 이옥순

내 사랑 그대여
그대의 미소가 아름답고
그대의 마음이 향기롭습니다.

나의 사랑 고운 님
그대는 언제나 행복을
엮어내는 천사입니다

그 미소와 향기는
세상 속 흔들리는 마음잡아주는
맑고 고운 아기 눈망울입니다

그대의 향기로운 마음에
오늘이 행복하고 기쁨 넘치며
그대 모습은 평화이고 천국입니다.

다가온 그대 / 이옥순

그대 바람을 타고
거부할 수 없는 장미꽃밭 향기처럼
내 곁에 다가와 그대만의 향기로
나의 마음 사로잡고 있습니다

그대 모습에 취하고 향기에 취해
노란 나비 되어 하얀 뭉게구름 타고
바람의 선율 따라 사뿐히 날아봅니다

들려오는 자연의 속삭임
그대 잔잔한 사랑 노래는
세상 삶의 무거운 시름
걱정 근심 풀어놓고 마음 비우는
그대의 고운 향기로 행복 속에 잠재웁니다

그대와 함께 하는 오늘 이 시간
흘러가고 있다 하지만 뒤돌아보면
추억 속에 변치 않는 행복의 탑
높이 쌓아가는 보석 같은 고귀한 사랑
내일도 기다려지는 오늘의 기쁨입니다.

시인 이은석 편

♪ 시낭송 QR 코드
제 목 : 꿈길
시낭송 : 김지원

이은석 시집
"사랑을 노래하리"

프로필

대전 유성 출생
충북 청주 거주
공군 약 33년 복무
보국훈장 광복장 수훈
보국수훈 국가유공자

대한문학세계 시 부문 등단
(사)창작문학예술인협의회 회원
대한문인협회 대전충청지회 사무국장
대한창작문예대학 7기 졸업
문예창작지도자 자격 취득

사) 한국서예협회 정회원

전국단재서예대전 초대작가
전국단재서예대전 대상 수상

〈공저〉
대한창작문예대학 졸업 작품집 "비포장길"
대한문인협회 대전충청지회
　　　　　동인지 "삶이 담긴 뜨락"

〈저서〉
시집 "사랑을 노래하리"

E-mail: leees57@hanmail.net

아지랑이 사랑 / 이은석

보일 듯 말 듯 피어오르는
아지랑이를 보셨나요
가슴에 잔잔한 설렘 전하려는 듯
실루엣처럼 아롱이는 아지랑이를
살며시 내 곁에 찾아온 이 사랑이
봄날의 아지랑이 닮았네요

있는 듯 없는 듯 피어오르는
아지랑이를 보셨나요
입가에 작은 미소 전하려는 듯
은은히 춤추는 아지랑이를
귓불 간질이듯 속삭이는 그런 사랑이
살포시 찾아 드네요.

이은석 시인

야래향 / 이은석

해님도 쉬러 간 고요한 밤에
얼굴 가득 차디찬 이슬 쓰고
보고픈 임 기다리며 살포시 웃고 있네요

그리운 임 찾아 애태우건만
구름 쫓는 숨바꼭질 놀이에
얄궂게도 외면하네요

그래도 해맑은 미소 머금고
임을 그리며 밤에 피는 꽃
오늘 밤도 사랑의 눈빛 반짝이네요.

소국 / 이은석

밤하늘 별 무리가 살포시 내려앉았는가
샛별처럼 반짝이며 마음 두드리는
그대는 누구인가

길가에 웃고 있는 그대는
그 어떤 꽃과도 견줄 수가 없구나
영롱하게 빛나는 아름다운 자태를
그 무엇으로 표현하리

황홀한 그대 모습에 피어나는 미소
앙증맞은 귀여움에 설레는 마음

눈 속에 담아 두리라
마음속 깊이 간직하리라

지금 모습 그대로 머물러 있기를

이은석 시인

공허의 아름다움 / 이은석

잎새 떨어져
앙상함만 남은 가지

그 앙상함은
진정 고독이려나

쓸쓸함 중에 도드라져
지저귀는 저 새는

또 다른 사랑 역어 나갈
공허 속의 아름다움이려니

이 계절
고독함 속에

문득,
싱그러움이 찾아 드누나

함께 하렴아 / 이은석

산책로 모퉁이
바위틈에 피어난
가녀린 철부지 꽃아

세찬 바람
어이 견디려
뚱딴지 짓 하였는가

차디찬 눈보라
어이 피하려
철부지가 되었는가

바위 위에 서성이는
늘 푸른 소나무야
그 아픔 어이 보려고 부추기는가

비바람 막아 주고
눈보라 방패 되어
모진 사랑 함께 하렴아!

우산 속의 사랑 / 이은석

우산 속 두 사람
짜릿함은 덜해도
깊은 사랑은
묵은지 맛과 같은 것

옛날 옛적의
추억을 생각하며
우산 속 데이트를 즐겨 봅니다

아픈 추억 없진 않았겠지만
예쁜 기억들 속에
빗방울 소리조차 잊었습니다

추억도 사랑이고
빗방울 소리도 사랑이며
침묵 속의 눈빛 교감도
사랑이랍니다.

아버지! / 이은석

아버지
사랑하는 아버지
당신의 모든 생을
자식들 안녕 위해 살다 가신 아버지

태산보다 높은 사랑
아직도 그 깊고 깊은 사랑 갈망하는데
어인 발걸음
그리도 재촉하셨나요

저희는 아버지께 드릴 사랑
아직 꺼내 보이지도 못했는데
어인 발걸음
그리도 재촉하셨나요

평안히 영면에 드신 모습에
그나마 다행이라 생각하는 불효자를
용서하실는지요

이생에서의 근심 걱정 모두 내려놓으시고
다음 생은 아버지 행복과 건강 위한
삶이시길 간곡히 원합니다

아버지 나의 아버지

이은석 시인

꿈길 / 이은석

저녁 식사와 함께
곁들이는 소주 한 잔은
하루의 피로를 지우고

둘이 걷는 밤길은
예쁜 별 무리 길잡이 삼아
행복의 나라로 향합니다

숨소리만 들어도
가슴에 간직한 이야기 읽을 수 있고

손길만 닿아도
마음속 수많은 생각 느낄 수 있는
둘만의 산책길

함께 걷는 겨울 밤길은
말없이 이야기 나누는 꿈길이지요

마지막 잎새 / 이은석

겨울 온줄 몰라 하고
가지 끝에 매달린
가여운 마지막 잎새야

먼 끝이라서
사랑 고팠더냐
외로운 잎새야

다한 인연 부여잡은
그 손 놓자 꾸나
서글픈 잎새야

수레바퀴 돌아
다시 만날 때에는
영롱한 사랑 고대하면서!

이은석 시인

한가위 보름달 / 이은석

뉘 있어 알았으랴
존재조차 느낄 수 없었던
눈썹보다 작은 초승달의 의미를

바람의 고운 정 야금야금 쌓아 두었는가
별들의 이야기를 차곡차곡 담아 두었는가
한없이 부풀어 가는 네 모습을
누구인들 짐작이나 했겠는가

대추 알 발그레 익어 가듯
벼 이삭 황금빛으로 영글어 가듯
슬그머니,
온 세상 밝히는 보름달이 되었구나

그 어떤 번뇌인들 사그라지지 않겠는가
두려움의 찌꺼기인들 남을 수 있겠는가
밤하늘 밝히는 저 휘황찬란한
한가위 보름달 앞에 두고

이 가슴에 너를 새겨 놓으리.

시인 임미숙 편

♣ 목차

시낭송 QR 코드
제 목 : 묻고 싶었습니다
시낭송 : 박순애

시작노트

인 연

마음속에 좋은 인연
하나쯤 품고
사는 것도 설렘이다

스쳐 간 인연
하나쯤 추억하며
사는 것도 기쁨이다

속내 털어놓을 인연
하나쯤 엮어
사는 것도 행복이다

좋은 말만 하는 사람만이
좋은 인연일까

때로는 쓴소리하고 멀어진
그 사람이
좋은 인연이었음을……,

임미숙 시인

먼 그대 / 임미숙

그대 사랑하고 싶지만
그대와 나 사이가 너무 멀어요

그대 곁에 머물고 싶지만
시대와 세대가 너무 달라요

평범하지 않는 삶과
사회적 통념을 깨기가 두려워요

그대 붉은 동백 같은 열정을
해 저문 동녘에 희미한 낮달은

그대 어렵사리 내놓은 마음
받아줄 용기가 없어 마른 눈물만 흐릅니다.

첫사랑 / 임미숙

소년은 보리밭 길을 걸었다
소녀는 한걸음 뒤에서 사뿐히 걸었다

가슴에 수많은 말을 담아 두고
보리의 속삭임에 귀 기울이며
하늘거리는 꽃의 흔들림에 마음 주었다

소년과 소녀는
해 질 녘 간들바람
청보리 일렁이는 봄을

어느 하늘 아래서 그리워할까.

임미숙 시인

첫눈 오는 날 / 임미숙

이른 아침 버스를 타고
안개 낀 한강을 지나
한적한 고속도로를
진입한다.

차가운 비를 맞은 단풍들은
가을 끝자락을 보내기 아쉬워
빛바랜 옷으로 갈아입고
한 겹 두 겹 벗어 차곡차곡 쌓아둔다.

외곽으로 접어드니
만산이 백의(白衣)로 정갈히 갈아입고
지난날 화려함으로 유혹한 죄
참회하며 기도하듯 숙연하다.

영원을 약속한 사랑
잊을 수 없는 추억
쓰리고 아린 상처
수많은 사연들을
새하얀 속살에 숨긴 듯

얼마나 오랜 세월 동안
이 성스러운 행사들이
반복되었을까

미워하려야
미워할 수 없는
원죄(原罪)

어머니의 꽃밭 / 임미숙

봄이면 고향집
작은 꽃밭에는
어머니의 수줍은
열정이 피어났다

홀로 오남매 키우시며
모든 시름 꽃을 가꾸며
이겨내셨다는 것을
어머니의 나이가
지나고서야 알았다

자식 위한 정화수는
엄동설한에도 얼지 않았고
자신을 지키기 위해서
향기를 품지 않는 모란꽃처럼

언제나 온화한 표정 뒤에
강인하고 단아함이 있어
함부로 범접하지 못할 여인
내 어머니

화사한 꽃길 걸어가시려고
병상에서도 인내하고 기다려
훨훨 춤추는 흰나비 따라
봄날 해인사 고불암으로 떠나셨다

모란 꽃잎에 맺힌
선명한 빗방울은
붉은 설움 품은
내 어머니 눈물 같다.

임미숙 시인

그대 마음 열어주오 / 임미숙

겨우내 메마른 가지
그 혹독한 추위를
침묵으로 견디어내고

잔설(殘雪)이 녹아내린 시냇가
살그머니 고개 내민
보송보송한 버들 깃털

마을 어귀 늙은 매화
수백 년 보고 들은
희로애락 인생사

꽃샘추위 아랑곳없이
여린 꽃잎으로
살살 간지럼 피우면

겨우내 꽁꽁 동여맨
강철 같은 그대라도
어찌 마음 열지 않으리오.

능소화 / 임미숙

그대 뉘 그리워 그토록
강렬한 입술을 가졌는가.

따가운 오뉴월 햇살
애증의 넝쿨 담장 타고 넘어
한 맺힌 그리움 토해내면
누가 쉬 잠들 수 있는가

천상에서만 피고 지는 꽃
어찌하여 지상에 내려와
여리디여린 소화를
능멸하려 하는가

비 개인 하늘
청초한 그리움
끝내 이루지 못하고

뚝
떨어진
한 떨기 열정이여!

임미숙 시인

소래산 / 임미숙

상큼한 갈바람에
그대 향기 전해옵니다

소복이 쌓인 낙엽 위
살포시 저려 밟으면
그대 숨결 바스락 그립니다

그대 투병 중 올랐다는 소래산을
그대 떠나 사계절이 지나고서야
올랐습니다

먼 길 떠나는 날
배웅도 할 수 없어
참 많이 아프고 아팠습니다

청아한 가을날
그저 바라만 봐야 하는   천천히 아주 느리게
그 시간을 어떤 말로   그대 숨결 느끼며 올랐습니다.
다 표현할 수 있을까요

사랑한 그대여!
그대 가쁜 숨 몰아쉬며   이제 아픈 가슴 부여잡고
올랐을 소래산을   이곳을 오르지 않아도 되었으니
부디 그곳에서 행복하소서

가을엔 사랑하고 싶습니다. / 임미숙

꽃바람 부는 날
메마른 가슴에 상큼한 들꽃향기 안겨 준 그대
뜨거운 여름날
갈라진 마음에 한줄기 소나기를 몰고 온 그대

첩첩산중 깊은 계곡 가만히 숨겨두고
차마 표현하지 못해 가슴앓이하며 맞이한 가을
이제 기다릴 시간이 없음을 알기에
발그레한 수줍음 내미는 그대에게

찬바람 일으키며 고개 돌린 후회를
감출 수 없어 알록달록 물드는
가을엔 사랑하고 싶습니다

떨어진 낙엽은 겨우내 대지의 거름이 되어
다시 봄이 오면 향기로운 꽃을 피우겠지만
떠나간 사랑은 몇 해를 기다려도
다시 돌아올 수 없다는 것을 알기에
가을엔 사랑하고 싶습니다

붉은 속살을 드러내는 산등성이처럼
그대가 지펴놓은 불길로
내 온 가슴은 활활 불타는 재가 되어
그대 곁으로 날아가고 싶습니다

그대 사랑받아 줄 수 없어
망설이고 망설이는 세월을
기다림에 지쳐 떠난 그 자리 낙엽을 보며
그것이 사랑이었음을 빈 가슴 부여안고
가을엔 사랑하고 싶습니다

그대여
빈자리가 이토록 아릴 줄 미처 몰랐습니다
가면과 허상을 벗어버리고 간절히 기도하며
가을엔 사랑하고 싶습니다.

벤치의 황혼 / 임미숙

선정릉 숲길을 노부부가
두 손 꼭 잡고 산책을 한다.

지팡이를 짚은 할아버지와
작은 배낭을 멘 할머니

늘어진 배롱나무 밑 벤치에 나란히 앉아
백발의 노인은 양산을 들어주고
아담한 여인 흥겨운 소리 한가락 뽑고

함께한 반백의 세월을
한 폭의 그림처럼 고스란히 담아
물어 익어가는 사랑스런 풍경이

새소리 바람 소리 어우러져
잠시 가던 걸음을 머물러
황혼의 여유를 음미하게 한다.

묻고 싶었습니다 / 임미숙

얼마나 사랑했었냐고 묻고 싶었습니다
저 붉은 산야처럼
온몸을 불사르고 비바람에 떨어져
주저앉아도 슬퍼하지 않을 만큼

진심으로 사랑했었냐고 묻고 싶었습니다
홀로 지새는 외로운 밤
견디지 못한 욕망의 화신이 아닌
여명을 맞으며 후회하지 않을 만큼

지금도 사랑하느냐고 묻고 싶었습니다
구름 한 점 없이 눈부신 쪽빛 하늘
서로 다른 곳에서 바라보고 있어도
웃으며 행복을 빌어 줄 수 있을 만큼

정말 간절히 사랑했었냐고
그대에게
한번은 묻고 싶었습니다.

시인 **임재화** 편

🎵 시낭송 QR 코드
제 목 : 그대의 향기
시낭송 : 박태임

시작노트

임재화 시집

언제나 시(詩)를 지을 때마다 스스로 부족함을 느낍니다.
늘 마음이 맑아진 상태에서 정성을 다해 맑은 향기 나는
시를 지을 수 있기를 시인은 간절히 소망하고 있습니다.

우리네 평범한 사람들의 일상이 늘 버거운 삶이라 할지라도
맑고 고운 시의 인연이 닿아, 독자들의 마음 밭에 싹을
틔워서 마음만큼은 늘 맑고 고운 향기 전해질 수 있도록
기원합니다.

"대숲에서"

"들국화 연가"

들꽃 사랑 / 임재화

들꽃의 분홍빛 고운 꽃잎은
한복의 치맛자락처럼 길어도
가녀린 꽃 수술만큼은 노란색

곱게 핀 모습을 보고 또 보고
자꾸만 바라다보고 있어도
해맑은 모습으로 피어있기에

그대의 수줍은 모습에 반해
시선을 떼려야 뗄 수가 없고
그윽한 꽃향기 가슴에 담고서

딱 한 번만 더 보고 돌아설까
자꾸만 보고 싶은 마음 때문에
차마 되돌아서질 못하였습니다.

부부의 사랑 / 임재화

커피 한 잔에도
소박한 행복이 가득합니다.

투박한 질그릇 커피잔에 담긴
한결같은 부부의 사랑

둘이서 서로 마주 보며
커피 한 잔을 함께 마실 때

당신 먼저 한 모금에
내 마음 좋아서 웃음을 띠고

나도 한 모금 마시면
행복한 마음 가득합니다.

그대의 향기 / 임재화

눈꽃처럼 다가오는 그대의 향기
너무나 아름다운 모습으로
매화나무 가지에 살포시 내려앉았다.

사르르 눈을 감은 하얀 매화 꽃송이
저만치서 한 줄기 바람이 불어와
더욱더 그윽한 향기를 날려 보낸다.

고운 임, 맑은 향기를 찾아서
가까이 다가서면 어디론가 숨어버리고
멀리 물러서면 또다시 내 가슴에 안겨 온다.

국화꽃 사랑 / 임재화

샛노란 국화꽃망울에
순결한 임의 향기 배어있고
차마 수줍어하는 꽃송이에
맑은 사랑이 곱게 피었습니다.

청초한 국화의 고운 모습
풋풋한 그리움으로 피어나고
살며시 펼치는 꽃잎 사이로
은은한 임의 모습 비칩니다.

작고 소담했던 꽃망울이
어느새 노란색으로 물들어
방긋 웃음을 웃고 있네요
온 누리에 꽃향기 그윽합니다.

들꽃 연가 / 임재화

저만치서 산들바람 불어오고
한여름의 뜨거운 햇볕 비칠 때
이제 더는 참을 수 없어서

그대의 작은 가슴 깊은 곳에
남몰래 품었던 순결한 사랑이
한 송이 들꽃으로 피어났어요

이렇게 타오르는 애틋한 마음
이제 더는 감출 수 없기에
차마, 촛불처럼 훨훨 타오릅니다.

무더위조차도 인내로써 견디고
저리도 고운 들꽃으로 피어났으니
그대는 맑은 사랑을 품은 들꽃입니다.

임재화 시인

베고니아 사랑 / 임재화

날마다 꽃잎 피어나서
수줍어하며 붉게 물드는 것은
차마, 부끄러워 그러는 것이 아니어요

아무런 이유 하나 없어도
그대의 작은 가슴속에
맑고 고운 사랑을 품어서이죠

조금씩 차곡차곡 쌓은 정
어느 날 고운 모습으로 피어나서
괜스레 얼굴이 빨개졌네요

각시붓꽃 사랑 / 임재화

푸른 잎 새 뒤에 숨어서
보랏빛 그윽한 모습
살포시 웃음 지으며 피어난 향기
그만 임에게 들켜버렸다.

어쩌나, 이 내 마음 깊은 곳
오롯이 임을 향한 그리움이 익어
나도 모르게 활짝 피었네

보라색 각시붓꽃
더는 감출 수 없는 내 모습
임을 향한 오롯한 마음

천일홍 사랑 / 임재화

초가을에 피어난 천일홍
기다란 꽃대 가지마다
보랏빛 꽃송이 청순한 얼굴

늘 푸른 대숲 사이로
서늘한 바람이 불어올 때면
고추잠자리 떼 허공을 날고

빛 고운 천일홍 꽃송이
그대의 작은 가슴속에는
맑은 사랑을 품었습니다.

옥잠화 연가 / 임재화

시원한 소나기 지나갈 때면
다소곳이 비를 맞고 있는 그 모습
너무나 초라해 보이겠지만

비 갠 뒤에 달빛이 비치는 밤
말없이 피어있는 옥잠화 꽃송이
늘 마음 예쁜 선녀처럼 곱습니다.

백합꽃처럼 순결한 옥잠화꽃
언제나 그대의 작은 가슴속에는
맑은 사랑을 가득 품고 있습니다.

임재화 시인

동백꽃 사랑 / 임재화

따뜻한 봄볕에 곱게 핀 동백꽃
저리도 아름다울 수가 없어서
봄바람도 제대로 쉬어가지 못합니다.

새빨갛게 피어나서 순결한 모습
이렇게도 내 마음은 설레는데
괜스레 만져 볼까 말까 망설입니다.

살짝 다문 붉은 꽃잎 속에다
작은 꿀벌 세 마리 꼭 품어 주면서
방긋 웃음 웃는 동백꽃 한 송이

너무나도 자애롭고 그윽한 모습에
지조와 품위가 절로 넘쳐흘러서
차마, 봄볕도 정중하게 비켜서 비칩니다.

시인 **장계숙** 편

♣ 목차

1. 외면
2. 단풍
3. 마음의 면역
4. 이미 모든 것
5. 사랑한다는 것
6. 그리운 날
7. 그대여
8. 고독 아니면 사랑
9. 침묵 속 상처
10. 겨울비

♪ 시낭송 QR 코드

제 목 : 그리운 날
시낭송 : 최명자

장계숙 시집
"보이는 것 너머"

프로필

대한문학세계 시 부문 등단
대한문인협회 강원지회 총무국장
(사)창작문학예술인협의회 회원

〈수상〉
2016~17 명인명시 특선시인선 선정
한국문학발전상(2015)
한 줄 시 공모전 금상(2016)
순우리말 글짓기 은상(2016)
한국문학 올해의 시인상(2016)
한 줄 시 공모전 동상(2017)
대한문인협회 금주의 시 다수 선정

대한문인협회 이달의 시인 선정
대한문인협회
　　낭송시 / 우수작 / 좋은 시 선정

장계숙 시인

외면 / 장계숙

참 어려운 일이지
마음을 보는 일

거짓과 위선으로
자기혐오에 시달려도
억압하는 목구멍을 넘어
끝내 쏟아내는 가시

묘연해진 양심과
빈약한 내면의 얼굴
진실은 욕심을 인정하지 않아

피한다는 건
서로의 마음을 뚫어지게 마주 보는 일이지

단풍 / 장계숙

기어이 열이 오르고
그토록 쉽게 물들어
마지막 생을
몸 밖으로 밀어내는 오열
몸짓마저 묵묵하다
황홀한 감각의 도착
비릿한 슬픔이여

영혼을 빼앗는
붉은 얼굴의 음모는
추락을 감행하는
화려한 몸짓의 열변
애틋한 생의 완성이여
낭만적 운명을 창조하고
쓰디쓴 생의 성찰을 당부하네

장계숙 시인

마음의 면역 / 장계숙

모든 풍경은 지나갈 뿐이다
마른 가슴에 무늬를 새기며
눈물이 지나간 것처럼

무성한 슬픔의 흔적
켜켜이 일어나
움직이기 시작하면

쪼그라든 맘속 뿌리
짓무른 가지를 자르고
몇 가닥 촉수가 흔드는 희망

피멍과 한숨의 반복된 몸짓
질곡을 깨고 나와
고통에 익숙한 오늘을 산다

이미 모든 것 / 장계숙

볼 수 없는 것보다
보이는 것이
더 고독하다네

혹독한 즐거움의 끝
슬픔은 종종
마음을 정화하고

아름다움의 질투
어리석은 관념의 노래가
이미 자유롭다네

장계숙 시인

사랑한다는 것 / 장계숙

미풍에 구름이 피어오르고
잃어버린 사랑의 언어가
입속을 간질거린다

누군가를 사랑함은
자신의 고립을 희석하는 일
그대 심장 속에 고인 맘
알 수 없어

통제할 수도
억제할 수도
극복할 수도 없는
자유로운 영혼

내 행복이
그대 수중에 있음이
얼마나 두려운 일인가

그리운 날 / 장계숙

슬픈 영혼이여
아무것도 애태우지 않길
닿지 못해 소용돌이치는 맘
추락하는 잔해마다
하늘을 보고 누웠다

숱하게 일어서
발뒤꿈치를 쫓아도
언제나 그 자리에 누워
뜨거움으로 부화하는
도도한 슬픔이여

지독한 갈망을 품고 오는
나른한 설렘의 당당함
머리 위의 마음이여
오직 내 것임을 안다 해도
하늘을 보고 누울 수밖에.

장계숙 시인

그대여 / 장계숙

새벽 기슭에
가슴 밟고 오는 그대여
앓는 그리움에
비가 내리네

어딘가 피어있을
그대 눈빛
빗방울로 기웃거리는
이맘 알기나 할까.

고독 아니면 사랑 / 장계숙

기다림은
천국과 지옥을 오가는
심중에 고인 빛의 유희

빛과 어둠의 모서리가 붙어
반대로 향한 서로의 눈을
힐끗거린다

알 수 없는 진실의
지루함을 넘어
형체 없는 마음을 보는
찰나의 꿈

그것은
고독 아니면 사랑.

장계숙 시인

침묵 속 상처 / 장계숙

부족하면
부족해서 아프다
넘치면
넘쳐서 공허하다

채우고 싶지 않은 것도 있으리
가끔
몸뚱어리 살점조차 공허하다
죽으면 뼈 위에서 사라질 덤인 걸

허허로운 욕심을 꺾어
무심히 웃어보면
사는 일은
버릴수록 살만하다

겨울비 / 장계숙

망망한 고독으로
미동 없이 또 계절이 온다
우뚝우뚝 솟는 고통
차가운 비가 내리네

그래. 내게로 오라
어둠을 타고 오는 빗소리
너도 말 하고 싶겠지
얼마나 긴 날을 허겁지겁 달려왔는지

따끔거리는 통증
어둠 속 엉키고 더듬거리며
따스한 영혼의 정수리에
걸음걸음 가시로 박히네.

시인 **장병태** 편

🎵 시낭송 QR 코드
제 목 : 亡夫歌(망부가)
시낭송 : 박영애

시작노트

아지랑이 햇살에 매달려 봄 내음 피워내던 날
농부는 기름진 들녘에 씨를 뿌렸고
나는 네모반듯한 새하얀 텃밭에 씨를 뿌렸다.

늦가을 아침
농부는 풍성한 수확으로 열두 달을 가득 채웠고
북녘 바람 타고 날아온 철새는
알록달록한 가을의 이삭을 쪼아 허기를 채우고
나의 작은 텃밭에는 향긋한 시향으로 행복을 채운다

겨울의 문턱에서
나에 뜨락에 한가득 꽃향기가 전해진다
그 향기로 기나긴 가을 앓이를 치료하겠다
너는 나에게 백의의 천사로 다가왔다
손끝에 전해지는 너의 향기는 내 사랑이다

亡夫歌(망부가) / 장병태

한낮을 멍하니 애간장 태우더니
깊은 장맛이 나지 않는다고
공을 들여 장독의 때를 벗긴다

딱딱한 항아리 껍질에 배인
어미의 한숨 소리 애잔하다

손끝에 맴돌던 투박한 간장 내음
바람 따라 대문 밖 나선 줄 아는지 모르는지
허리 굽혀 늘어진 가슴을 쓸며
햇살을 타고 묻어난 그리움을 닦는다

콩밭 매는 아낙네 읊조리던 입가에는
가슴을 옥죄는 가을빛의 노랫소리
주름진 눈가에 반짝이는 눈물 맺힌다

따스한 햇볕 시린 손 잡아주니
임의 체온이 전해진 듯 지그시 눈을 감는다

뜸북뜸북 뜸부기 그리운 이름 불러봐도
저 강물은 메아리마저 삼켜버리고
애잔한 갈바람만 장독 안으로 스민다

간장 항아리 안에서 작은 물결이 인다

장병태 시인

쉬엄쉬엄 가자꾸나 / 장병태

쟁기질 하다말고
어찌 그리 앉아 계시오
해 넘어가겠소

누렁이 황소의 걱정스러운 눈빛은
시간을 재촉하고

村老의 마음은 동구 밖을 서성인다

이놈아 너도 늙었건만 힘들지 않으냐
5월의 볕이 따갑구나
쉬엄쉬엄 가자꾸나

힘겨운 쟁기질 내려놓고
논 가운데 주저앉은 **村老**의 머리 위로
5월의 햇살은 그리움 되어 내려앉는다

내 새끼들 먹일 양식이면
충분하지 않겠느냐
이제 너도나도 쉬엄쉬엄 가자꾸나

꽃다지 노란 마음
산산이 부서져 바람결에 날리고
그리움은 보슬비 되어
잔잔히 대지 위에 쌓여만 간다

금잔화 / 장병태

야속한 시곗바늘은 길을 재촉하고
한 줄기 빛 어둠 속으로 녹아든다

보내기 싫은 마음
떠나기 싫은 마음
논냉이에 젖은 이별의 슬픔

말없이 초점 없는 하늘만 바라보니
맞잡은 두 손바닥에 흥건히 고이는 눈물

안타까운 마음 누렁이도
구석진 담벼락에 얼굴을 묻는다

큰 숨 한번 토하고 길을 나서는
임의 작별 인사 한마디
참았던 눈망울에 청초한 이슬 맺힌다

"임자의 냉이 된장국 제일 맛있었소...."

대답 대신 사랑한다. 미소로 인사하니
떠나는 임 사랑했다. 미소로 화답한다

따스한 들녘 세월의 바람이 운다
금잔화 꽃잎 하나
허무의 바람을 타고 낙엽이 된다.

장병태 시인

回想(회상) / 장병태

밭을 일구던 호미는 자루를 잡아빼고
나 몰라라 태만하게 밭고랑에 자빠지고
무뎌진 어미의 손끝은 호미를 대신하여
감자보다 큼직한 가슴에 맺힌 한을 캔다

새벽이슬이 거머리처럼 치맛자락에 매달려
굽은 등줄기를 타고 올라 온몸을 저리게 하고
삼베 포에 쌓여 마른 젖 빨아대며 칭얼거리는 막내
어미의 피가 빠지는 만큼 백일둥이 볼에 살이 오른다

말벌의 날갯짓 소리처럼 귓전에 윙윙대는
천둥벌거숭이 딸년의 새 운동화 사달라는 소리
월사금 납부일이 스무날이 지났건만
말 한마디 없이 어미의 어깨를 토닥이는 아들놈의 미소

어미는 스치는 알싸한 바람으로 목을 축이고
감나무에 매달린 붉은 석양을 한입 베어 물어
목구멍 넘어 울컥 쏟아질 감정을 누르며
가슴속에 또 하나의 한을 쌓아 허기를 채운다

동짓달이 코앞에 다가오는 야심한 시각
하얀 서리 사그락사그락 들마루에 기어들 즈음
어미는 흐린 눈으로 아들의 터진 교복을 깁는다

호미를 대신 하던 부싯돌 같은 손끝은
더듬더듬 애벌레 갈아먹은 구멍 난 가을밤을
한 땀 한 땀 꿰매고 있다

차가우리만큼 밝은 달이 창문 틈을 기웃기웃
이내 어미의 손끝에 매달린 골무에 스민다
달빛은 그렇게 어미의 손끝에서
빛이 되고 눈이 되었다.

장병태 시인

가을 하늘을 난다 / 장병태

가을 하늘을 난다
광대의 외줄을 박차고 솟아올라
뒷걸음치는 햇살을 좇아 하늘을 난다

가을 앓는 소리 한가득 북적이는
시퍼런 바다를 비켜 너의 빈 가슴 찾아
그리움을 갈라치며 미끄러지듯
순백의 창공을 난다

내 삶의 뜨락에 따스한 볕을 깔고
너의 향기 펼쳐 비구름을 막아
그대 향한 내 순정의 꽃 피우련다.
그렇게 우리 인연의 꽃밭을 가꾸고 싶다

눈을 감고 순풍에 몸을 맡긴
너의 여린 목선에서
순결한 붉은빛 꽃잎 피어나면
내 가슴속 생채기에 꽃향기 흐르겠다

아침 이슬에 진한 원두커피 가루와
바스락 이는 갈잎 썩어 만든
마법의 향기로 네 영혼을 깨우련다.

햇살과 소슬바람과 은은한 커피와
들꽃 향기 가득한 가을의 숨결로 피어난
사랑스러운 그대의 미소를 찾아
높디높은 가을 하늘을 난다

어쩌다 인연으로.. / 장병태

초록의 들풀 사이를 지나
졸졸졸 흐르는 개울의 정겨움을 만나고..

모래알 같은 아득한 인연 속에
수정처럼 영롱히 빛나는 또 하나의 나를 만나고..

새콤달콤 다래 열매의 품속엔
우리들의 사랑이 익어간다.

흘러내리는 빗물은
우리의 삶을 무겁게 할지라도

눈부신 10월의 햇살은
젖은 삶에 무게를 줄여준다.

그대는 나에게 젖살 품은 아이의 볼과 같은 부드러움이다.
5월의 꽃바람과 같은..

나는 그대에게 원앙의 가슴 깃털과 같은 포근함이다.
10월의 햇살과 같은..

장병태 시인

가을을 여는 아침. / 장병태

빨간 한 줄의 섬광이 고요한 아침을 깨운다.
단잠을 자던 구절초도 기지개를 켜고
아침 이슬에 하얀 얼굴을 닦는다.

활기찬 멜로디에 파란 하늘의
커튼이 펼쳐진다.
또 그렇게 상쾌한 가을의
어느 하루가 기지개를 켠다

섬섬옥수 늘어진 억새의 머릿결이 반짝이고
짜릿하게 전해오는 낙엽 향기의 전율에
작은 행복을 맛본다.

드리워진 파란 식탁보 한자리에
상큼 아삭한 채소의 싱그러움이 좋다.

은은히 전해지는 헤이즐넛 커피 향이
높은 하늘 위에 시를 쓴다.
극세사 이불 속에서 살며시 눈을 떠
아침을 바라보는 당신을 위해

그렇게 우리는
작은 설렘으로 오늘을 연다.
가을 아침을..

술 한잔하실래요? / 장병태

눈 비비며 창밖을 보니
함박눈이 왔네요

마당을 쓸고 싸리문 밖
정자나무 앞까지 눈길을 내었어요

햇살 가득하게 커튼을 열고
은은한 커피를 내렸어요

커피 한잔하실래요?
찻잔 가득 당신의 향기가 나네요
당신을 기다립니다

눈이 부신 봄날 같은 하늘이네요
향긋한 냉이 넣고 된장국을 끓였어요

점심같이 하실래요?
보글보글 당신의 싱그러움이 가득하네요
당신을 기다립니다

까만 밤하늘 별들이 쏟아지네요
창가에 촛불을 켜고 소박한 술상을 차렸어요

술 한잔하실래요?
둥근 달이 술잔에 앉아 일렁이네요
당신을 기다립니다

오늘도 이렇게 당신을 기다리네요
달이 기우네요. 내 술잔도 기우네요

비워진 술잔이 다시 채워졌네요
당신을 향한 그리움 한잔 찰랑대네요.

장병태 시인

나는 너의 벽을 두드린다 / 장병태

너를 품은 내 마음
악동에게 들켜 밤하늘에 걸렸다

사그락사그락 나의 뇌를 지배하며
고백을 유도하던 밤 도깨비는
억세 그림자로 숨어 버리고

용기없는 나에게
숫기 없는 나에게

숙제만을 남겨놓고 나 몰라라
사라진 밤하늘의 유혹들

어디선가 들려오는 소리
사랑이란 그대 마음의 벽을 허물어
나의 새로운 성을 쌓는 것이라네

저항할 수 없는 감성의 부추김에
등 떠밀려 내 마음을 전한다

그대 눈 부신 빛의 힘으로 용기 내었다
나는 너의 벽을 두드린다
너의 가슴에서 돌 하나를 빼고 있다

시인 **정상화 편**

🎵 시낭송 QR 코드
제 목 : 풀꽃
시낭송 : 김지원

정상화 시집

"스스로 피어짐이
아름다운 것을"

"산다는 것은
한 편의 詩"

프로필

아호 : 봄결
울산 울주 배내골 출생
시인, 수필가
전) 부산 한샘학원 강사(국어)
울주군 주민자치협의회 회장
농부시인

대한문학세계 시 부문 등단
대한문인협회 울산지회장
(사)창작문학예술인협의회 회원
문학愛작가협회 정회원
시와글벗 동인

〈수상〉
2016년 한국문학 베스트셀러 작가상

2017 명인명시 특선시인선 선정

〈저서〉
제1시집
　　『스스로 피어짐이 아름다운 것을』
제2시집 『산다는 것은 한 편의 詩』
〈공저〉
『그대라는 이름하나』
『문장 한 줄이 밤새 사랑을 한다』
『말의 향기』
문학愛〔5차〕『문학愛 가을 향기품다』
문학愛 바람이 분다
『詩 오솔길에 문학愛』
그대 올때면

정상화 시인

아름다운 인생 / 정상화

사랑하자 물처럼
부드럽게 자신을 사랑하자
몸은 힘들어도 숨을 쉬고 있음에
감사하며 땀 흘림에 만족하자
죽어도 좋을 만큼 자신을 사랑하자
막다른 골목길에
목 놓아 서럽게 울지 말고
삶과 죽음이 공존하는 인생길에
집착과 소유에서 벗어나자
돈이 제일이라고 말하던
읍내 아저씨는
잘 먹고 잘살려고
수단과 방법을 가리지 않고
양심을 갈아엎고 타인의 가슴에
못질까지 해가며 돈 모아
거드름 피우는 순간
사형선고를 받았는데
죽음을 단 한 번도 상상하지 않았다
영원히 살 것처럼 아등바등
돈을 좇다가
죽음 앞에 나는 아니라고
몸부림쳐본들 뜬구름이더라

죽음도 삶 일부이니 이별 연습
이라도 해야지
한 줄의 시를 쓰고
마침표를 찍어야
다음 행을 쓸 수 있음이니
이 순간이 생의 마지막일지라도
담담히 웃는 게야
그리고
자신에게 죽도록 사랑했다
말하는 거야

풀꽃 / 정상화

논두렁 후미진 곳이면 어떠리
담벼락 성글은 구멍이면 어떠리
바람에 실려 앉은 곳이 내 집이니
쫓겨날 일 간섭받을 일 없어라
봄이면 봄의 꽃이 되고
여름이면 여름의 꽃이 되고
가을이면 가을의 꽃이 되고
겨울이면 겨울의 꽃이 된다
불릴 이름 없어 뒤돌아볼 일 없고
보아주는 이 없이 꾸밀 일 없어라
작은 사랑하나 꽃씨로 품어
마주 보며 도란도란 눈물겹게
다정히 살고 싶어라
밟으면 밟힐수록 들판을 점령하니
밟지 마라
애처롭게 쳐다보지 마라
아는 체하지 마라
작은 모퉁이 바람이 실어다 준 대로
이름 없는 풀꽃으로 멋대로
살고 싶어라
그냥 그렇게
피었다
지고 싶어라

정상화 시인

농심(農心) / 정상화

하루가 핀다
논둑길 걸으니 일렁이는 벼 이삭의
미소에 꿈이 조롱이고
보릿짚 모자 쓴 구릿빛 얼굴에
미소가
타닥이는 메뚜기의 투명한
눈에 반사되어 순수한 영혼의
지순한 사랑으로 승화되니
눈물겨운 춤사위
잦아들며 가을은 시나브로 수채화로 채색되어
붉은 노을 속으로 하루가 진다
벼를 가로지른 장화 발의 흔적을
스스로 지우고는 아무 일 없다는 듯
시치미를 떼니
겸손을 빚어낸 농부의 손이
떨리고 있다
천심 天心이다

물꽃 / 정상화

욕심도 없다
자신의 무게 감당할 만큼만
꽃피운다
한 줌 바람에 떨어져도 원망하거나
절망하지 않는다
피고 짐이 한순간 꿈일지라도
의연함으로 반짝인다
풀 위에
잔가지 위에
말라버린 강아지 꽃 위에 대롱거리며
땅에 떨어져 흙발에 밟히지 않음에 감사한다
향기 없어도
깨끗함에 마음 더하라는
섹시함으로 향기를 유혹한다
햇볕에 알몸을 말리는
네 순수한 꿈 깨우지 못해
장화 발 멈추고 서 있다
바람아, 흔들지 마

정상화 시인

커피보다 싸다 / 정상화

콤바인이 빙빙 돈다
어지럽다
현기증이 난다
벼들이 쏟아져도 슬프다
쌀 한 되 커피 한 잔보다 못하니
농 비도 안 나온다
대책 없는 쌀 개방으로 똥값이 되어
버린 벼들
콤바인이 토해내니 설움게 운다
국회의사당 모인 사람들은
빵만 먹고 살겠지
빙빙 돈다
어지럽다
현기증이 난다
그냥 불 질러 버릴까

아름다운 인연을 만나는 것은 / 정상화

아름다운 인연을 만나는 것은
서로의 향기에 취해
말없이 물들어가는 것이다

서로의 환경을 이해하고
서로 색깔을 인정하면서
서로의 향기에 묻혀 가는 것이다

가슴에
나 하나 버리고
너 하나 채워서
서로의 가슴에 둥지를 짓는 일이다

여기서 저기로 가는 길
새로운 세상 둘이 하나 되어
서로의 가슴에 호흡하며
강물처럼 흐르는 것이다

지상에서 가장 어려운 것은
아름다운 인연을 만나는 것이고
그보다 어려운 것은
인연을 곱게 지켜가는 것이다

아름다운 인연이 만들어지기를
까만 밤 하얗게 기도한다
아름다운 인연으로 오소서...

정상화 시인

봄 까치꽃의 사랑 / 정상화

논두렁 양지쪽 쑥을 뜯다
발아래 "큰개불알 불알 터진다"는
외침에 놀라 쳐다보니 봄 까치꽃
웃고 있다

보릿고개 힘든 시절
가장 먼저 희망의 꽃으로 다가와
육신을 희생하여 굶주린 삶
꿈이 되어 준 너

예수님 십자가 지고 넘던 골다언덕에
스스로 밟혀 이마의 땀을 받아
핀 보랏빛 사랑 속에
예수님 모습이 보인다

언 땅 뚫고 가장 먼저 봄을 부르고
아낙네 발걸음에 밟히고 밟히어도
가장 낮은 겸손함으로 일어서는
가장 작지만 가장 넓은 가슴을
가진 봄 까치꽃

큰 개불알꽃이면 어떻고
봄 까치꽃이면 어떠리
낮고 낮은 그 자리를 가장 높은
자리로 빛나게 만든 사랑
닮고 싶어라

광대나물 꽃이 줄을 탄다 / 정상화

광대나물 밭두렁에 누워
하늘 향해 옷깃 펄럭이며
연보라 입술 벌리고 가쁜 향기를
흘리고 있다

호미로 찍어 내려다
찬바람에 흔들리는 네 모습에
손목에 힘을 빼고 관객이 된다

줄을 타고 있다
약한 숨소리에 흔들리며
한 층 두 층 뛰어오르며 떨어질 듯
날아갈 듯한 마리 새가 되어
손에 땀을 쥐고 한숨 몰아쉰다

네 삶이 아리구나
발아래 밟힐 땅에 누웠어도
벅찬 높이인 것을
죽음을 초월한 흔들리는 춤사위

삶을 위한 광대의 몸짓
네겐 목숨 건 삶일진대
보는 이는 눈요기라
내 어찌 호미로 찍을까

파도 / 정상화

가슴을 스스로 두들겨
퍼렇게 멍들었다

밀려와 안긴
절정의 순간으로 치달은
경련을 반복한다

밤이면
제 몸을 돌덩이에 쥐어박아
하얀 그리움 철철 흘리며
꺼이꺼이 운다

엉성한 가슴팍
깨어져 멍들고
부서진 조각들은
짜 맞추기를 반복한다

자기 의지는 없다
바람의 뜻이다
파도라 부른다

꽃으로 살고 싶다 / 정상화

결과를 안다면
함부로 내뱉고
멋대로 행동했으랴

때론 삶이 아프고
때론 삶이 즐겁고
때론 삶이 힘들어도
내일을 믿으며 사는 거지

아침 밥상머리
어무이 "기침 나와 죽겠다"
"왜요 비 맞고 더 다니시지요"
"너 내가 죽으면 좋겠제"
"신호등도 무시하고 건너고 좀
그리 다니지 마소"
"와 내 차에 갈리 죽을라 칸다 우짤래
잔소리하고 지랄이고"
"어른이 돼가 말 좀 잘하소"
"많이 배워 처먹은 니나 잘해라"
"마 그만하고 병원 갑시더"
"차라마, 니 차는 죽어도 안탈란다"

어무이는 KBS
나는 MBC
불가침 성역을 쌓아 놓고
방송 잘하고 있는 데
왜 또 소리를 높였나 자책을 한다

억장이 무너지는 빛바랜 하얀 마음
어찌할까
"어무이 마 잘못했심더"
근근이 달래어 병원 왔다
영양제 감기 주사 맞으며 기다린다

삶은 한순간 럭비공처럼
예측 불허한 방향으로 스멀스멀
기어 골대 속으로 가는가 했는데
빗나가기도 하는 것

피어날 때를 알고
질 때를 안다면
사람으로 살았을까
꽃으로 살지

시인 정찬경 편

♣ 목차

♪ 시낭송 QR 코드

제 목 : 사랑의 비상구
시낭송 : 박순애

프로필

전북 순창 출신
서울특별시 소방관 33년 근무

대한문학세계 시 부문 등단
(사)창작문학예술인협의회 회원
대한문인협회 서울인천지회 정회원

도토리 껍질 사랑 / 정찬경

땅에 떨어진 저 아이
홀씨 때부터 가슴에 안고
여름 소낙비 천둥을 이겨 냈다

가을날 아이 도토리
집이 좁다고 넓은 세상으로
떨어져 나갔다

어미 껍질은 텅 빈 가슴에
이슬방울 고이네
저놈이 다람쥐 창고에서
뿌리를 내릴까

아니면 비탈길 옆에서
오고 가는 사람들 발길에 차일까
도토리 껍질은 대문 빗장을
걸지 못하고 첫눈을 맞이하네

정찬경 시인

벼랑 끝 사랑 / 정찬경

사랑은 매번 벼랑 끝에
매달려 있다

아름다운 꽃은
깎아진 절벽에 피어있고

사랑하는 여인이
벼랑 꽃 바라보니

담쟁이 넝쿨로 허리 동여매고
낭떠러지로 내려간다

손에 꽉 쥐어 봐도
사랑은 한 줌도 안 되는데

노인도 아이도
아슬아슬한
벼랑 끝에 매달려 있네!

사랑하고 싶은 사람 / 정찬경

이른 봄 냇가에 나가
버들강아지 보며 봄이 오는 소리를
같이 들어줄 사람

오월에 금낭화 은방울꽃
지기 전 공원에 꽃구경 가서
봄 향기에 취하는 사람

정원에 빨간 장미꽃 보며
넌 왜 입술이 빨가냐고
투덜대지 않는 사람

갈대가 만발한 가을 강가에서
함께 시 낭송할 수 있는 사람

가을 텃밭에서 고구마 캐고
숨어 있는 노란 호박 찾아다니는 사람

이런 사람 만나면
사랑해보고 싶어요

정찬경 시인

연둣빛 사랑 / 정찬경

아침에 장끼란 놈이
깊은 잠을 깨우고

비둘기가 구구
노래하는 봄날

텃밭에는 애송이 상추
울타리는 사철나무
산등성이 연두 물결
줄줄 흘러내린다

아침 흰 와이셔츠가
초록에 물들까 걱정되는 계절이면
단발머리 감색 치마
그 여학생 생각난다

사랑하고도 말도 한번 못 하고
해어진 짝사랑 생각난다.

미안한 사랑 / 정찬경

열일곱에 처음 만나
아주 어려서 사랑한다
말을 못 했어요,
학생이라 불렀던 시골 여학생은
접시꽃처럼 아름다웠고

그때 그 입술
뽕나무 오디 같았는데
어려서 뽀뽀 한 번 못 했어요

군사훈련 받아 씩씩할 때
학생은 숙녀가 되어 왔지요
입술은 산딸기 같았고
군복을 벗을 때까지
기다려 달라고 한 말 미안했어요

나는 다섯 장 편지를
침 한번 꿀꺽하고 보냈는데
그녀는 편지 한 장을 일주일 동안
씨름하였다니, 미안했어요

요즘 새벽잠 못 이루며
연속극 볼 때 시끄럽다 해서, 미안해요
냉장고 오이라도 뚝딱 잘라 줄 것을

준비 없이 한 사랑
이벤트나 약속도 없이
급하게 살아온 내 인생

라일락 꽃향기나
은행잎이라도 보내야 하는데
새 친구 시상에 빠져서, 미안해요

어머니 생각 / 정찬경

몸이 후덕하여
겨울에 다리를 다치시고
발걸음 기우뚱거리며
걸으신 어머니

거리에 많은 사람 오가도
어머니 걸음은 바로 알 수 있었는데
그 어머니 바람에 향기 되어
고향 하늘에 가시었네

목련꽃 같이
넓은 얼굴 미소 지으며
고향 선산 아버지 옆으로 가시었네

그리운 그 모습 배꽃 피는
어버이날 아침 눈물 되어
떨어지네

빨간 카네이션
가슴에 달지 못하고
배꽃 하나 가슴에 달아보네

어버이 날 아침에

이쁜 아들 사랑 / 정찬경

방바닥 기어 다니다
벽을 잡고 일어서더니
소파에 올라가고, 밥상에 앉고
책상 위에 올라 쉬하고

커다란 아빠 구두 신더니
질질 끌고 돌아다니는데
복슬강아지 아들 뒤를
졸졸 따라다닌다

토끼같이 치아 두 개 날 때
윙크하면 두 눈을 다 감고
입을 벌리면 세 번째 치아가 보였다

코스모스 피는 공원에서
새 자전거를 놓고
집으로 와버린 아들
공원이 제집인 줄 알았나 보다

노란 유치원 차가 매일 올 때까지
아들은 예뻤다, 변성기 유전자 변이가
일어날 때 아들은 청년이 되었고
한그루 큰 나무가 되었다

군 복무를 마치고 돌아온 아들은
매일 반가운 우리 집 손님이 되었다

정찬경 시인

달빛 사랑 / 정찬경

어린 시절
소나무가 졸리는 시간
마을 어귀에서 임을 처음 만나
돌담길 함께 걸으며 집에 왔지요

싸리나무 대문 열어주니
마당 안까지 비추고
새벽에 돌아갔어요.

초승달은 무상한 시간 동안
활시위 당기는 동이족
후손을 비추고

애처로운 그믐달은
새벽 서쪽 하늘 떠 있다
해가 뜨면 여명 속으로
서서히 사라졌어요

세상에서 버림받고
가시에 찔리는 아픔에도
부풀어 오는 초승달 보며
임을 사랑하고 기다립니다.

사랑의 비상구 / 정찬경

사랑이 눈으로 들어와
입으로 달아나더라

사랑이
꽃잎 옆에서는 아름다운데
백지수표 위에 올라가면
하늘 찢어지는 소리 나더라

두 눈 딱 감으니
하늘에서 음성이 들린다
앞면을 보지 말고
뒷면만 보고 사랑하라 한다

앞면은 열린 창이 많아
사랑에 온도가 수시로 변한다
뒷면에는 출입구가 없으니
사랑이 달아나지 못하더라

사랑을 입으로 하지 말고
뒤에서 어깨를 바라보고
눈빛 가슴으로 하라 한다

정찬경 시인

편안한 사랑과 쉬운 이별 / 정찬경

그때 이별은
달밤에 하얀 눈물
하얀 손수건 젖고 가슴에 멍이 들었다

매년 수첩에 이름 주소를
지우고 옮기고
우체부 아저씨를 기다렸다

지금 사랑은 빠르기는 하지만
카톡이 온종일 침묵하면
마음이 불안하다

확실한 이별은
번호를 삭제하면 되지만
눈물이 없고 삭제할 주소도 없다

누군가 내 번호를 매일 저장하고
지우고 해도 눈물 한 방울 나오지 않는다

카톡을 날마다 보고도 댓글 한 줄
느낌 하나 없는 것은
또 어떤 의미란 말인가
마음이 불안하다

시인 정찬열 편

♣ 목차

♪ 시낭송 QR 코드

제 목 : 그대와 인연
시낭송 : 박태임

정찬열 문집(수필)
"짓눌린 발자국"

프로필

아호:鳳嵓(봉암)
(전)한국전기공사협회 본 협회 이사
(전)광주광역시 생활인 체육회
　　　　　　　　(골프연합회)이사
(현)유한회사 남광전력 대표이사
대한문학세계 시, 수필 부문 등단
(사)창작문학예술인협의회 회원
대한문인협회 사무국장
대한문인협회 광주전남지회 사무국장
문예창작 지도자 자격증 취득
대한창작문예대학 제5기 수료
대한문인협회 금주의 시 선정
대한문인협회 좋은시, 우수시 다수 선정
전남대학교 산업대학원 제5기 수료
광주학생문화원(김봉학 강사)작가
　　　　　　　　수업 수료

〈수상〉
대한창작문예대학 졸업 작품
　　　　　　　경연대회 금상
한 줄 시 짓기 공모전 장려상(2015)

명인명시 특선시인선
　　　　　　3년 선정(2014~2016)
순우리말 글짓기 공모전
　　　　　　장려상 (2015,2016)
대한문인협회 감사패
특별 초대 시화전 선정
대학총장 우수상
산업자원부 장관 표창패
나주 군수표창
경찰서장 표창
한전지사장 외 다수

"유화에 시의 영혼을 담다" 공저
"우리들의 여백" 공저
"세월을 잉태하여" 공저
영산강제10호(재광 나주향우회) 시 수록
대한문학세계 가을호 수필 수록(2016)

〈저서〉
문집(수필)"짓눌린 발자국"

정찬열 시인

핏줄의 정든 이별 / 정찬열

다섯 살 난 연년생 손녀
서울에서 광주로 우리 집을 찾았다
설을 쇠니 여덟 살 된 이 지역 외손자
명절 맞아 서로 놀며 하룻밤을 보냈다

이제는 오후에 서울로 가야 한다
외손자 손녀가 합창하듯 말한다.
싫어! 하며,
한밤만 더 자고 싶은데
다음에 또 만나고 오늘은 이만 가자

애들의 표정이 어두워지며
자꾸만 탑승할 차를 회피하려 한다
뒷좌석에 안전띠를 메 준다.
오빠야!
동생 한번 안아줘야지….

오빠와 뽀뽀하고 싶은데!
난감한 표정으로 자동차 뒤로 숨어
결국 동생은 서럽게 울어 댄다
몇 차례 설득하여 동생을 달래게 한다.

핏줄은 속일 수 없음일까
설 명절이 지켜준 애틋한 이별이다.

그대와 인연 / 정찬열

긴 머리
소녀와 나의 만남은
삶 속에 우연이란 상통이
사랑 찾아
흘러온 인연으로
동아줄 되어 마음을 묶었습니다.

인연이 된 기쁨은
만남으로 엮어진 행복의 노예
그대와
뗄 수 없는 인연이 되어
기쁨도 슬픔도 함께할 수 있음은
하늘이 정해준 소중한 행복이었습니다.

그대와 내가 걸어온 길이
가정이라는
행복으로 만들어지고
염화미소(拈花微笑)의 사랑은
필연이 이어준 떨칠 수 없는 인연입니다.

가까워진 고희의 문턱에서
여름날 고개 숙인 해바라기처럼
풍상이 불어왔어도
내 곁을 지켜준 사람
당신이 지켜준 인연은 영원한 사랑입니다

정찬열 시인

사십 이 돌 가시버시 / 정찬열

항상
내 곁을 지켜주는 사람
늘 내 주위를 보살펴 주는 사람
철없던 시절 혼인이라는 명제 속에
부모님 허락 속에 지인들의 박수갈채를 받으며
아기천사가 뿌려준 꽃송이 지르밟고 새 출발 한 사람

행여
내 앞에 흉이라도 될까 봐
자기 것보다 내 것을 먼저 챙겨주고
아무리 힘들어도 내색 한번 없는 사람
나의 뒷바라지에 열정을 다하는 실인(室人)

환갑의 목전의
문턱에서 내가 사경을 헤맬 때
고운 매 힘겨움도 가정도 뒷전에 두고
내 곁을 끝까지 시중들며 지켜준 사람
꿋꿋하게 용기를 잃지 않고 내색 도 없이

애들
앞에선 엄마의 자리를
꿋꿋하게 지켜주고
오직 헌신으로 가정을 지켜준 사람
사십 이 년간 희생을 다 바친 당신입니다.

여보! 라고
처음으로 붙여보는
나는 당신 없이 살아갈 수 없는
지애(至愛)로 덧없이 살아온 사람
소중한 바지랑대 같은 가시버시입니다

지애(至愛) : 더없이 깊은 사랑
바지랑대 : 빨랫줄에 받치는 장대

추억에 옛사랑 / 정찬열

옛사랑이
새록새록 생각나서
마른걸레로 윤기를 닦아내듯
부치지 못할 글을 써본다

먼지를 뒤집어쓴
흔들대는 시외버스를 타고 떠나간 곳
머나먼 산사의 뒷동산에 앉아서
둥근 달빛 아래 별을 세든 밤

그때는 미안했다고
사랑이란
그런 것인지 알지 못해서
지금은 아름다운 기억으로 남아있어
서로를 아껴주고 바라본 별을

한 거실에서
격벽 없는 벽을 놔두고
미소 지며 잠 못 드는
소쩍새 소리에 만족했던 사랑
옛사랑도
오래오래 행복하고 잊지 못하리

정찬열 시인

어머니 / 정찬열

잎 떨어진 나뭇가지
당차게 가지 품어 달린 밤송이
알맹이는 어디로 가고

빈 껍질만 위초리에
드레-드레 초라한 행색일까?
자기 몫을 다한 초라한 모양새다
아낌없이 모두 다 내어준
내 어머니의 육신처럼

캄캄한 그곳에서
귀뚜리 우는 가을을 듣고 계시며
살아생전 기원하듯
이승에서 못다 한 행복을 누리시겠지!

찬란했던
봄과 여름도 있을 듯하지만
잡풀 우거진 봉분에는
무심한 허무만 교감을 한다.

구시월의 햇살은 엷어져 오는데
세상에 내보내기 위한 이유를 들어
한없는 아량과 자식 사랑에
뜨거운 정만 베푸신 우리 어머니!

위초리: 나뭇가지 끝

내조의 향기 / 정찬열

거센 풍랑이
소용돌이 속에서도
희망의 등대가 되어 준건 당신입니다.

어두운 밤
갈 길을 헤매는 이 사람에게
밝은 달빛으로 비춰주는 건 당신이었습니다.

특고압 감전 사고에
생사의 갈림길에 서 있는 나에게
육신을 희생해가며 지켜준 당신입니다.

세상을 밝게 비추는
태양보다 더 밝은 빛으로
보듬어 주는 건 바로 당신입니다.

삶의 질곡에서
절망에서 허덕이는 나래를
사랑으로 보살펴 주는 사람 당신입니다.

장미꽃보다 아름답고
아카시아 꽃향기보다 더 진한
향기를 품어내 주는 당신입니다.

오직! 그대가 있어서
내가 살아갈 수 있는
염화미소의 절절함에서
희생으로 이겨낸 고생은 행복이라며
느꺼움에 향기가 한량없이 풍깁니다.

느꺼움 : 가슴에 사무치게 일어나는 느낌

정찬열 시인

고마운 당신에게 / 정찬열

철없는 시절에
맺어진 인연으로
숨 가쁘게 내달리는 나에게

어둠 속에 헤맬 때
달빛 되어 비춰주고
신호등이 되어주고

힘에 겨워
지쳐 날 때면
용기 있게 다독여준 당신

내 옆에는
그런 당신의 토닥임에
힘을 잃지를 않았습니다.

겁 없이 살아가다
뜻하지 않은 절벽 앞에서
몸과 마음 다 바쳐
희생을 발휘해준 당신

데면데면
갈 길 잃어 방황할 때도
환한 등댓불로 안내해준 당신

그런 당신 앞에
끝내, 장애인이라는
대명사를 달고 살아가고 있지만

고희라는
문턱 앞에서
따스한 봄날의 민들레처럼
오늘도 당신이 있어 행복합니다.

데면데면 : 붙임성이 없고 대수롭지 않게 대함

사모곡 / 정찬열

사랑의 정표를
툭툭거림으로 대신한
나를 두고
얼마나 섭섭하셨을까?

내 머릿속에
각인 되어있네
놓치고 싶지 않은 그런 날에도
꿈속에라도 부르고 싶은 사랑의 화신

이 세상에서
가장 고귀한 사랑을 주신 분
자식들을 기르고서야
이제야 섬김의 잘못을 알았습니다.

내가
죽을 때까지
투정 부림을 후회하며
가신 후에 깨달으며 사죄하고
옥정리 무덤에서 눈시울만 적십니다.

배꽃 아비 / 정찬열

이른 배(梨)
한 상자를 건네받으니
꽃가루받이나무를 대신하시던
형수님 생각이 상자에 담겨있다

화창한 봄날에
하얗게 핀 배꽃 진자리
벌들이 미쳐 못다 해
초봄 날 고생하시든 짠한 생각이

배는 배꼽 끝 꽃술을 닮았다
언젠가 무르익어
두세 개의 배꽃에서 선택받은 열매
그중에서 배꼽이 좋은 놈 고깔을 둘러쓴다.

어릴 때부터 열매가 보호받고
형님 가족의 정성으로 굵어져서
황금색 열매는 당도를 가득 머금은
형님과 형수께서 그 배꽃 아비였을 것이다.

원앙의 매듭 / 정찬열

막 출근하려는 직전의 시각
넥타이는 안 맺지만, 정장 복이다

검은색 키 높은 방한(防寒)화
발목까지 감싸진 털 달린 구두

내피(內皮) 때문에
한 치수 윗것을 주문했다며

신어보라고 내민다.
신발 속으로 발을 넣으니
촉감이 만점이다.

바늘귀에
바람 꿰듯 끈을 매준다
바짓가랑이 들추니 지그재그로

리본이 된
사랑 매듭이 행여 풀릴까
옷고름 사랑 끈을 질끈 묶는다

시인 **조미경** 편

🎵 시낭송 QR 코드
제 목 : 내 사랑 진달래
시낭송 : 최명자

조미경 시집
"화려한 유혹"

프로필

제천 출생
캐나다 아티스트 이민(25년)

제천 미당 갤러리&카페 대표이사

대한문학세계 시 부문 등단
(사)창작문학예술인협의회 회원

대한창작문예대학 제7기 졸업
문예창작지도자 자격 취득
대한창작문예대학 졸업 작품 경연대회 동상
대한시낭송가협회 제6기 시낭송 수료

한 줄 시 짓기 공모전 장려상(2017)
명인명시 특선시인선(2018)

〈개인 저서〉
제 1시집 "화려한 유혹"

〈공저〉
대한창작문예대학
　　졸업작품집 "비포장길"
대한문인협회 서울인천지회
　　동인문집 "들꽃처럼"(제3집)

내 사랑 진달래 / 조미경

산허리 돌아
영글어진 꽃망울
첫눈에 반해 버렸네

뒤엉켜진 가지 사이
비집고 나와
점박이 꽃송이
자랑하네

알알이 영글어진
풍만한 가슴
연분홍 립스틱
진달래 향기
외롭다 짝지었네

둥지 틀며 손잡아 주는
내 사랑 진달래

별이 된 흔적 / 조미경

말없이 간 그 시간 마지막이었다

외로움 옆에 앉아 놀던 밤들과
피맺힌 눈물의 절규가 없었다면
세상의 탁류 속에
떠내려가고 말았을 것이다

등불 되어 매달려 있는 남겨진 추억
갈 수도 없고, 올 수도 없는 멀고 먼 하늘에
별 하나가 빛으로 구름 선반 위에 별의 흔적을 남긴다

내 삶의 연출가 카메라 / 조미경

모든 걸 알고 있는
숨겨진 사랑
비밀스러운 그곳
마음 자극하며
너에게 맡겨 두었네

렌즈 안 어둠과 외로움
과거 현재 미래를
간직한 너
드디어 세상 나왔네

눈 안에 뭐가 보일까?
눈 뒤에 뭐가 있을까?
눈 안에 뭐가 들어 있을까?
눈 속에 무얼 간직할까?

내 인생 담아
영화 속 주인공으로
남겨진 카메라는
내 삶의 연출가라네

조미경 시인

들꽃 이야기 / 조미경

너는 들에 핀 꽃 이야기 말해주고

살아서 숨 쉬고 있을 때도 향기로
휘감아 쉬어 가게 하노니

싸늘한 찬 공기 잔잔한 음악
어디선가 들리는 나팔소리

소나무 숲 사이사이 작은 불꽃들
무엇을 놓고 이야기하랴

걸음마 손아귀 잡아주고
짚신 만들어 나룻배 되던
고향 꽃마음

움트고 피어나는 나리꽃 향기
찾아갈 수 있으려나

나는 들꽃 이야기 나누고 싶어라

내 속의 나 / 조미경

나는 나를 슬퍼하지 않게
나는 나를 고독하지 않게
일으켜 세운다

살 바람 언덕 쉬는 고개 위를
때론 걷게 해주고
때론 쉬게 해준다

나는 나를 바라보며 잘했다 말하고
가슴안아 함께 울어주고
아픈 나를 일어나 걸으라 해주고
슬픈 나를 미소로 위로해 준다.

잘살고 가라고 잘살다 가라고
그런 나를 알아 주는 나였다

조미경 시인

아버지의 발자국 / 조미경

호수는 낙엽을 한가롭게 희롱하고
나룻배 한 척 진종일 발목이 묶여있다
노을이 기울고 외로운 창가에 달빛이 마실 올 때
신명 나는 춤사위와 노랫가락은 바람 타고 흐르고
아버지의 이마엔 구슬땀이 비 오듯 쏟아진다

신명 나는 판이 끝나면 공허한 삶들은
썰물로 낮아진 해수면처럼 뒤안길로 접어든다
아버지의 목소리는 이마의 주름살처럼 깊어지고
쉼 없이 흘러간 시간의 바늘이 지나간 모래톱 위에
보름달보다도 크게 남겨진 외로운 아버지의 발자국

가을걷이 / 조미경

알밤 껍질 속 내음 들여다보니
솜털 같이 하더라

산수유 껍질 톡톡 건드려 보니
백옥 같아 보이네

송이버섯 집 짓고 흙집 무덤 뒤엔
가을걷이 마음 묻어 두네

마음속 가을걷이 천금 울려보니
자연이 준 금은보화 알아보지 못했네

황금 들판 청동 억새 은쟁반 개울 물소리
바람 소리 향기 따라 가보니 이곳이 천국이라

서 있는 이곳에서 가을걷이 풀어 보며
나 사랑하노라 숨 쉬고 있으니

가을걷이 앞에서

사랑의 마음 / 조미경

그대가 돌 같은 나를 깨워
산처럼 한결같은 마음으로
사랑을 알게 하고
여자로 만들어 놓았다

그대가 바다 같은 사랑으로 나를 깨워
봄 햇살 품으로 보듬어
정을 알게 하고
행복을 일깨워 주었다

그런 그대가
단단한 돌 같은 마음으로 돌아서고
민물처럼 다가와 발자국 남겨놓고
썰물처럼 흔적 없이 떠나간다

인생은 시계처럼 돌고 / 조미경

살 에는 듯한 삶의 골목길에 서서
고개를 들고 푸른 하늘을 바라보니
인생은 돌고 도는 계절과 같고
쉼 없이 돌고 도는 시곗바늘과 같더라

자드락길 굽이돌아 눈 맞춤 없이 떠난 임
그리워 하염없이 서럽게 엉엉 울었다
소슬바람 타고 낙엽처럼 바삐 떠난 임은
돌아오지 않고 그리움은 한(恨)이 되었다

상처는 아물고 인생이 감처럼 익는 지금
임은 떠날 때의 모습으로 가슴에 자리하고
흔들림 없이 뚜벅뚜벅 걷는 시곗바늘처럼
오늘도 그리운 임을 위해 탑돌이를 한다

얼어있는 내 마음을 임은 입김으로 녹이고
왔다 갔다 하는 시계추는 마음의 얼음장을 깬다
한 번 가면 올 수 없는 시계추에 입맞춤하며
강처럼 흐르는 인생은 시곗바늘처럼 돌고 돈다

조미경 시인

화려한 유혹 / 조미경

저 산 넘어 석양빛 노을
살랑이는 눈길
뽐나게 흔들 거리 건만
요동치는 발걸음은
어디 움트는가

한집 처마 자락
비 오듯 내리쬐는
영롱한 유리창
달 그림자 울릴라
풍금 울려주거늘

빌딩 숲 사이사이
커튼 옆 꽃노래
바퀴 굴려 아장아장
담 넘어 가자 하거늘

잠자는 강아지
귓가 맴돌아
매미 소리 밤안개
아침 초록 그물망
여울진 잔딧불
오로라 되거늘

초록 향기 얼룩말
살랑살랑 춤추며
말 바퀴 달구지
쬐랑 쬐랑
어하여 디여 어히여 디여
화려한 유혹 속
달려가 보자꾸나

시인 **천준집** 편

♣ 목차

 ♪ 시낭송 QR 코드

제 목 : 눈물 젖은 편지
시낭송 : 박영애

천준집 시집
"그리움 한 잔"

프로필

대한문학세계 시 부문 등단
(사)창작문학예술인협의회 회원
대한문인협회 대구경북지회 정회원

〈수상〉
2017년 한국문학 향토문학상 수상
2017년 특별 초대시인 시화전
2017년 6월 4주 좋은 시 선정
2017년 4월 이달의 시인 선정

〈개인저서〉
제 1시집 "그리움 한 잔"

천준집 시인

사랑할 때가 더 외롭다 / 천준집

사랑하는 사람이 생기면 온 세상이
다 내 것인 것 같아도 아니다
때론 텅 빈 정류장처럼
휑할 때가 있다

아무도 없는 것같이 외로운 것은
더 많은 사랑을 갈구하는
욕심 때문일 것이다
사랑하는 이와 잠시의 이별은
서럽고 눈물 나는 일이다

사소한 감정 다툼에도
하늘이 무너지는 것 같은 고통은
그와 일치하고 싶은 욕망 때문이다

사랑을 하면서도 서러운 것은
그의 일상을 갖고 싶고
조금 더 그 영혼 속에 녹아내려
둘이 아닌 하나로 살아가고 싶은
간절한 소망 때문이다

사랑할수록 더 깊은 사랑이 필요하고
더 많은 것을 알고 싶어 한다
더 오래 함께 있고 싶고
버리지 못한 무수한 연정 때문에
사랑할 때가 가장 외롭다,

사랑하기 때문에 / 천준집

사랑하기 때문에
보고 싶은 것이고
사랑하기 때문에
갖고 싶은 것입니다

사랑하기 때문에
행복한 것이고
사랑하기 때문에
그리운 것입니다

내 가슴이 뜨거운 것은
그대를
사랑하기 때문에
그런 것이고

내 가슴이 외로운 것도
그대를
사랑하기 때문에
그런 것입니다

사랑하기 때문에
고마움을 느끼고
사랑하기 때문에
눈물도 흘리는 것입니다,

천준집 시인

다시 사랑할 수 있다면 / 천준집

하늘이 눈물을 흘리는 까닭이 무엇일까
저 하늘을 올려다 보라
나처럼 울고 있지 않은가
맑은 하늘에 비가 오는 것은 아니듯
무슨 까닭으로 비가 내릴까

내가 밤을 다 하여 괴로워해야 하는 까닭은 무엇인가
내가 밤을 다 하여 술을 마셔야 할 이유는 무엇인가
내가 내 외로움을 너에게 줄 수 없듯이
너 또한 이 밤이 다 하도록
괴로워한다면 이 얼마나 가슴 아픈 일인가

우리가 누구의 잘못을 탓하기보다
한 번쯤 삶을 뒤 돌아봐야 하지 않겠는가
밤을 다 하여 술을 마시며
괴로워하는 것보다
밤을 다 하여 서로를 그리워할 수 있다면
그 얼마나 눈물겨운 일인가

밤길을 걸어가는 저 연인들을 보라
얼마나 행복하고 다정하지 않은가
손을 맞잡고 서로의 어깨를 내어 주며
평행을 이루고 있지 않은가

그래,
이제 일어나 그렇게 가야 한다
목마름의 갈증을 느껴보라
밤을 다 하여 울고 있어야 할 이유가 무엇인가
밤을 다하여 괴로워할 이유가 이유가 무엇인가

우리가 다시 손을 맞잡고
서로의 어깨를 내어 줄 수 있다면
유리창 너머 다정히 앉아 소곤대는
저 연인들처럼 행복하지 않겠는가
우리가 다시 사랑할 수만 있다면.

너를 위하여 / 천준집

내가 한 자루 초였을 때
너는 나를 태우는 불꽃이 되었어

내 몸이 불타 눈물이 흐를 때
그것을 지켜보는 너는 아픔이었지만

너 또한 나를 위해
그 한 몸 모두 태웠으니

나는 너를 위해 기꺼이 이 한 몸
받치 우리라

별빛 그리움 / 천준집

밤하늘에 별빛이 아득히 보이는 것은
아직 내 안에 그대를 담을 수 없기
때문입니다

밤하늘에 별들이 아주 작게
느껴지는 것은
내가 아직 그대를 사랑할 수 없기
때문입니다

밤하늘에 별들이 아름답게 보이는 것은
아직 그대를 사랑할 수 있다는
희망이 있기 때문입니다

밤하늘에 별을 보고 행복하다
느껴지면 내가 그대를 사랑하고
있기 때문입니다

천준집 시인

보고 싶은 당신 / 천준집

내 마음속에 채워진 당신
그런 당신이 오늘은 눈물 나게
보고 싶습니다

밤새 당신 생각으로
이 밤을 지새우고 뜬 눈으로
새벽을 맞이했어도
그런 당신이 내 마음속에
있다는 것만으로도 나는
행복합니다

문득 그리운 마음에
천정을 쳐다보고
벽을 둘러 보아도 그 어디에도
보이지 않는 당신의 흔적

전화벨 소리에 당신인가
싶어 보니
당신의 흔적은 찾을 길 없고
그리움의 고통만 밀려옵니다

내 마음에 그리움을 남겨놓고
떠난 당신
오늘은 왠지 당신이 가슴 시리게
그립습니다

외로움의 고통으로 몸부림치고
내 가슴에 피멍이 들어
그리움의 상처에 눈물이 흘러도
당신을 만날 수 있다면
이 가슴의 그리움은 참을 수
있습니다

내 가슴 속에 영원한 사랑으로
채워진 당신
내 마음속에 지울 수 없는
당신의 흔적으로 곱게 물들인 당신

오늘 그런 당신이 왠지
미치도록 보고 싶습니다

눈물 젖은 편지 / 천준집

사랑한다는 말을 쓰다가 지우고
그립다는 말 대신
빈 종이에 마음만 채웠습니다

그리움에 눈물이 앞을 가려
하고픈 말 모두 잊고
그리움의 고통으로
하얀 편지지에
눈물자국만 보냅니다

눈물 편지를 받은 당신 마음이
다칠까 예쁜 꽃잎도 함께
동봉합니다

주소는 보고 싶은 그대라 적었다가 지우고
사랑하는 그대라 적었습니다

애절한 마음으로 보낸 편지가
비구름이 없는 맑은 날
당신의 품으로 도착하겠거니
여기겠습니다

천준집 시인

내게 그런 사랑이 있었습니다 / 천준집

생각하면 마음 설레고 그리움 한 줌
가져다주는 그런 사랑이 있었습니다
비 오는 날 비를 맞으면서도
우연을 핑계로 같은 우산을
쓰고 싶은 그런 사랑이 있었습니다

좋아한다는 말보다
손을 잡아 보고 싶었고
사랑한다는 말 대신
안아주고 싶었던
내가 바보같이 다가가고 싶어도
다가갈 수 없었기에 더더욱
가슴 저미게 하는 그런 사랑이
있었습니다

마음속에 숨겨두고 누구에게
들킬세라 그리움 꾹꾹 눌러 담고
그대 생각하고플 때 몰래 꺼내보는
그런 사랑이 내게 있었습니다

그리움 한 아름 가슴에 담아두고
사랑한다는 말을 몇 번이나 내뱉고
싶었지만
결국은 말하지 못하고
목구멍으로 삼켜야 했던 그런 사랑이
내게 있었습니다

그대 이름 되뇌이다 까맣게 밤을
지새우고 사랑한다는 말을
꺼내지도 못하면서 사랑한다는
말을 한 것처럼 착각을 일으켜
그대 이름 부르다 내가 내게 놀라
비명처럼 다가온 그런 사랑이 있었습니다

혼자라는 사실이 너무나 외로웠고
혼자라는 사실에 가슴 아파하며
혼자 덩그렇게 남아있는 나 자신이
너무나 초라해 그대에게 가까이
다가가고 싶어도 결국은 먼 발치에서
맴돌 뿐 말 한마디 못하고
쓸쓸히 돌아서야만 했던
그런 사랑이 내게 있었습니다

그리움에 서서히 무너지고
사랑하면서도 사랑한다는 말 한마디
하지 못했던 그런 사랑이 내게
있었습니다

내가 내 그리움을 감당하지 못할
그런 사랑이 내 가슴 한쪽에 덩그렇게
자리하고 있어
결국은 그대 때문에 가슴 아프고
눈물 흘려야만 했던 그런 사랑이
내게 있었습니다

시인 **최우서** 편

♪ 시낭송 QR 코드
제　목 : 그대 있기에
시낭송 : 최명자

프로필

대한문학세계 시 부문 등단
(사)창작문학예술인협의회 회원
대한문인협회 대구경북지회 정회원
대한문인협회 순 우리말 글짓기 공모전 수상
대한문인협회 금주의 좋은 시 선정
국민예술협회 인천 미술전람회 입선

가을과 만나는 그곳에 당신이 있습니다 / 최우서

눈을 뜨면 만나는 가을 안에
당신이 있습니다

당신의 따뜻한 향기와 다정한 목소리는
상심하는 나의 가을 사색으로 와
지친 나를 일으켜
나의 빛깔 나의 삶을
파아란 하늘에 구름처럼 가볍게 합니다

가을비 내리는 오늘 아침에도
당신의 나는 가을과 마주합니다

빗방울 든 가지 끝
가랑잎 그리움은
여윈 계절 앞에서
단 한 방울의 눈물로 가을비를 희석해
채우지 못한 욕심을
누그러뜨립니다

늦가을 은빛으로 물든
초라한 추억들이
황량하게 느껴진다 해도
당신의 시간 속에 흐르는
깊은 가을을 새김 합니다

당신이 계신 그곳에
풀어내지 못한 결정체
늦가을 햇살 한 줌에
녹아내렸으면 좋겠습니다

최우서 시인

그대 있기에 / 최우서

사랑하는 그대 있기에
밤새 뒤척이던 상념의 뿌리는
새벽을 맞아 편안한 품속으로
더 깊게 뿌리내립니다

커피 한잔으로
그대와 호흡하는 아침은
쓸쓸해 보이는 잎새에
그대 따뜻한 마음 새겨
더 깊은 가을로 들어서려 합니다

사랑하는 그대 있기에
나는 갈잎 젖은 낙엽
세찬 바람 불어도
흔들리지 않는 눈빛
그대 고운 빛으로 물들일 수 있습니다

우리가 걸었던 낙엽 쌓인
그 길에
햇살 가득
향기로움 묻어나
내 마음 안에 가득하기 때문입니다

사랑하는 그대 있기에
그대 사랑하는 일은
계절이 오고 가는
어느 한순간도
멈추지 않을 사랑으로
자리할 것입니다

찬바람 휭하니 불어
우리의 계절은 바뀌겠지만
내 영혼을 안아주는 그대 있기에
그대 곁에 영원히 머물겠다고..
내 사랑하는 사람아

최우서 시인

가을의 치유 / 최우서

비가 온 뒤 조롱이 달린 그대
빗방울 투명함 뒤 비친 핼쑥함은
캄캄한 밤 이미 와 있는 그대 보고 싶음이야

가을이 섬섬이 애처로우니
움츠려 창문 닫으려다
손을 내밀면 그대 두근거림 들려와

가을 향에 갇힌 그대
바람이여
짙어가는 갈대밭
붉은 단풍들면
가슴 가득 감아 맺힌
이 울렁임은 어찌할지

그대 가만가만 아침으로 오는 발자국
나를 깨우는 유일한 그대
찬바람 휘어이 돌기 전
곱게 물든 사랑하나 챙겨보소서

그대 곁에 머물러 있을 테니

사랑의 체온 / 최우서

바람에 바스락
빛바랜 낙엽이 서러워
아직은 눈부신
그리움이고 싶은
너의 맑은 눈에
별이 쏟아져
눈을 감는다

어떡해
눈부신 햇살 비추어
하얀 웃음 웃어야 하는데
그대는
바래지 않는
따뜻한 눈빛으로
너 앞에 다가서잖아

그대는 안다
침묵으로 와
뜨거운 가슴 안음을
어디에 있어도
알아차리는 따뜻한 체온을

바람이 냉기를 휘어놓아
또 가슴 무너져 내릴
찬바람 부는 그 날에도
그대 빛나는 향기는 언제나
있는 그대로 살아 숨 쉬는
너의 체온이었음을

우리 가을에 / 최우서

기다림이 길었나 보다
계절의 뜨거움마저
시간의 흐름은 심장에 닿아
그때의 하늘 아래서
그리운 사람
하나 품으니

코스모스 투영된
하늘을 업고
덜 여문 알곡 햇살
드나드는 들녘에서
그대의 공기로 숨 고르는
가을이 오고 있다

잡은 손 놓지 않고
석양에 물들어가는
그대 낮빛처럼
노을빛 소중한 사랑
가늘게 심호흡하던
그때를 기다린다

밤 별 보이지 않아도
그대 눈 속에 묻어둔
우리의 별
그리움 새살 돋아
다시 마주할
그대와 나이기에
당신은 기다림이다

영원히 함께할 그대여
우리 가을에..

너의 자리 / 최우서

붉게 노랗게 낙화해
둥글게 구르던 그리움 삐죽이
어둠을 겉돌며 신음하다
몸살을 앓고
깊은 슬픔에 움츠린다

사랑한다는 말
진실로 사랑한다는
그 한마디에
너의 사랑은
그렇게 스미고
그 호흡이
영근 그리움을   너무 아프지 않게
버티게 한다   침묵 속에
                      오래 두지 않는 사랑
가을, 그 심연의 아픔을 견딘   그 호흡에서 너는
내 사랑의 사유다   그만의 향기를 안고 산다

                      하얗게 퇴색되어
                      다시 물들지라도
                      쓰러지진 않는
                      너의 깊은 마음 나무로 살아간다

최우서 시인

가을 애상 / 최우서

그대여
가을이 깊어가고 있어요

시린 눈을 감고
오롯이 태양 빛 받아
올곧게 채운 그리움은 영글어
금빛 기쁨을 뿌리니

시공간을 흐르는 기다림
붉은 선혈로 밀려온다 한들
마음에 담은 불씨 하나
그리 소슬히 꺼질 리 만무해요

초침인들 빠트림 없는
우리 기다림
계절을 뒹구는 낙엽이 된들
오슬치 않을 테니

그대여
진실한 알곡 하나 떼어
가슴으로 통하는
단 하나의 길섶에
빛나는 소박함으로 뿌리 내리고
당신으로 흐르는 내 심장에
그 떨림 멈추어요

그대 닮은 그리움 주머니 / 최우서

가까이 가까이에
오아시스처럼
당신이 거기에 서 있어
눈을 뜨고
마음을 열어
당신을 만집니다

보고 싶음을
다 쏟을 수 없어
쓰러질 듯
밤새 내 마음은
당신에게 달려가
익숙한 향기로
아침을 함께 하지만
그리움이 쌓여가는 날이
더 많아집니다

매일 정성을 다하는
내 사랑이라지만
메마름의 속도를
따라갈 수 없어
건조해진 그리움 주머니
빗물에 적셔둡니다

당신이 지치고 힘들 때
언제든 쉴 수 있게
그대 닮은
그리움 주머니
촉촉이 적셔두었습니다

최우서 시인

잔잔히 내려앉은 밤 / 최우서

잔잔히 내려앉은 밤
아늑하고 고요한
그곳은
언제든지 자리를 내어 주어요

당신처럼 밝게 비추는
가로등 포근함은
강물에 투영되어
사랑 물결 넘쳐흐르고

간간이 지나가는
자전거 불빛은
당신 인양 내 눈은
어둠 속에서 반짝이고 있어요

귀에서 맴도는
달콤한 음악은
당신 품에서
더 달콤한 호흡하게 하고

당신을 만나는 시간은
온몸과 마음이 당신이 되어가요

지친 하루의 피로는
은빛 반짝이는 강물에 얹어놓고
잔잔히 내려앉은 밤
당신의 사랑은 깊어만 가요

시인 최윤희 편

4. 마음속의 진주 구슬
5. 별을 바라보는 나
6. 보고 싶은 얼굴
9. 지울 수 없는 자국

🎵 시낭송 QR 코드
제 목 : 보고 싶은 얼굴
시낭송 : 김지원

프로필

서울시 동작구 사당동 출생
인천 남동구 거주
1기 에듀프로공인 중개사학원 총회장
현) 숭실 사이버 대학교 부동산학과
현) 숭실 사이버 대학교 법행정학과
현) 부동산 경영학회 회원
한국 부동산경제포럼이사
숭실사이버대학부동산연구소 연구원
현) 가람공인중개사사무소 대표
대한문학세계 시 부문 등단
2016년 9월 신인문학상 수상
2016년 숭사인 학술 공모 시부분 입상
2017년 현대시를 대표하는
　　　　　명인명시 특선시인선 선정

2017년 특별 초대시인 작품 시화전 선정
제7기 대한창작문예대학 졸업 작품
　　　　　경연대회 장려상 수상
2017년 대한창작문예대학 제7기 수료
2017년 특별 초대 시인 시화전 선정
2017년 11월 인천시청역사내 시
　　　　"소리 없이 다가온 구름"
　　　　공모 당선 시화게시
2017년 대한시낭송가협회
　　　　　시낭송가 6기 수료
2018년 현대시를 대표하는
　　　　　명인명시 특선시인선 선정
(사)창작문학예술인협의회 회원
대한문인협회 서울인천지회 정회원

최윤희 시인

그 목소리 / 최윤희

소리가 난다
너무나 귀에 익은 목소리
매일 아침 들려주던 사랑의 음성
서로 속삭일 때는 바닷가 파도가 거세게 쳐도
밤이 지나 새벽이 다가와도 아무도 몰랐습니다
사랑의 목소리였기에

저음의 굵은 음성은
나의 마음을 붉게 타오르는 용암의 바다로 바꾸어놓고
그 소리를 듣고 있노라면 세상이 멈춰버린 듯했습니다

지금도 그립습니다
그 목소리를 애타게 듣고 싶습니다
너무나 사랑했다고 나 자신보다도 더
이제 뜨거운 용암의 바다는 굳어가고
마음조차 굳어가고 있습니다
마지막엔 저도 굳어가겠지요

모든 것이 처음으로 돌아가는 것과 같이
저도 처음으로 돌아가겠지요
나를 외롭지 않게 꼭 안아줄 대지의 품 안으로

그리움의 메아리 / 최윤희

그립다 그리워 소리치고 싶지만
행여 누가 들을까 봐
가슴속에서만 메아리만 칩니다

기다림에 지쳐 누우면
그리움이 방울방울 되어
어느덧 뺨을 타고 흐릅니다

시간은 멈춤 없이 흘러만 가고
또 기약 없는 낼을 기다려보지만
그 그리움은 메아리가 되어 다시 돌아옵니다

망각의 강을 지나면서
그리움도 그곳에 떨어뜨려 놓고 싶습니다

너무나 그리워서
제 스스로 망각의 강에 빠져들어 가기 전에 떨쳐내고 싶습니다

그리움이 점점 더 옥죄어오고 있습니다
전 점점 망각의 강에 다가가고 있습니다
영혼이라도 쉬게 하기 위해 망각의 강에 숨기고 싶습니다

쉬고 싶습니다
영혼이라도 편안하게
그리움이 메아리 치지 않는 곳에서

최윤희 시인

기억의 무덤 / 최윤희

하늘이 점차 먹구름으로 가득 찬다
햇빛 한줄기 나오는 틈조차 없이
컴컴한 밤과 같다
낮도 밤과 같고
밤은 달빛조차 없는 칠흑 같은 어둠의 커튼이 내려와져 있다
그어둠은 점점 나조차 덮으려 한다

어둠 속에서 슬픔의 이슬만이 반짝이며
뺨을 타고 흐른다
하염없이 타고 내려가 마음속 무덤에 비가 되어 내리고 있다

시작도 안 했으면 아픔도 없었을 텐데
너무 아파서 마음을 떼어버리고 싶다
고통이 점차 쌓여 봉분이 되어 무덤이 되고
무덤 옆에는 나의 고통의 메아리만 휘감아 돈다
아무도 찾을 수도 찾아서도 안 되는 무덤
세찬 비가 내려 흔적조차 없이 쓸려내려 갔으면 좋겠다

기억 저편에서 고통이 소리쳐도 듣고 싶지 않다
이젠 어둠을 걷어내고 싶다
기억조차 망각되게 세찬 비를 맞으며 걸어가야겠다

마음속의 진주 구슬 / 최윤희

마음 한구석에 진주 구슬 하나 있네
색깔은 하얀색인데 마음속이 어두워서
진주 구슬도 그늘이 지네
아픔을 참고 참고 삼키어
눈물이 진주 구슬로 변하였나 보네

밤이면 뜨거운 진주 구슬을
뺨 위로 뚝 뚝 떨어뜨리며
아픈 가슴을 부여잡고
마음속에 그림을 그려보네

잊지 않기 위해서
간직하기 위해서
회상하기 위해서

아픔을 가슴에 끌어내어
뜨거운 눈물로 떨구며
그리워 그리워하며 밤을 지새우네
동이 트고 태양이 떠올라도
상처는 아물 줄 모르고
시간은 자꾸 흘러만 가네

별을 바라보는 나 / 최윤희

칠흑 같은 밤하늘에
저 멀리 떨어진 별빛의 꼬리가 보이네
잡고 싶어 달려가 보면 어느덧 저 멀리 가 있고
나는 늘 그 자리에서 뛰고 있는 것 같구나

시간도 흐르고 물도 흐르고 별도 꼬리만을 남기운 채 사라져 가고 있고
나는 바라만 볼 수밖에 없구나
잡을 수도 잡히지도
너무 멀리 있어 손을 뻗어 잡으려 해도
그림자만이 손가락 사이로 빠져나가는구나

마음의 공허함만 남고 그리움만 춤추고
세찬 바람이 불어서 그리움을 저 멀리 보내고 싶구나

사랑했다고 진정 사랑했다고 외치면
별이 들을 수 있을까
별이 마지막 나의 외침을 듣기를 바라여 보고 싶구나

보고 싶은 얼굴 / 최윤희

그리움에 젖어 사진을 보네
나에게 남은 단 하나의 사진
애타게 찾아보지만
흔적조차 없고
마음에는 그리움과 아련함만이 남아있네

기다려달라 하면 기다릴 텐데
서로 수줍어 말도 못 하고
서로에게 미안함과 그리움을 간직한 채
잠시 손을 놓네

너무나 그리움에 복받쳐서 눈물조차 나지 않고
가슴에서 꺼이꺼이 소리만 남기우고
서서히 나의 불빛은 꺼져만 가네

최윤희 시인

사랑의 파도 / 최윤희

그리움 한가득 파도를 타고
하얀 파도 거품 뿜어내며
당신 품으로 가고 싶습니다

커다란 바위에
파도가 부딪쳐 산산조각 나더라도
물방울이 되어서라도 당신에게
가고 싶습니다

지금은 깊은 바다에서 파도를 만드느라
너무 힘이 듭니다
파도가 되어서 가야 하는데
겁이 납니다

제가 파도가 되어 가면
저를 맞아주시겠어요
제가 당신께 제 온몸을 사르고
당신을 감싸 안을 때 저를 받아주시겠어요
바위에 부서지는 파도들을
당신은 다 붙잡아주실 수 있으신가요

저는 사랑이라는 이유로
이 모든 것을 다 참아낼 수 있습니다
당신은 그럴 수 있으신가요

슬픔의 사연 / 최윤희

슬픔이 목차 오른다
잊을만하면 스치는 사연들

소설 같은 세월을 나누었던 시간들
시간은 알고 있을 거다
세월의 정이 있다는 것을
그것이 얼마나 질긴지도 알고 있을 거다

다만 지금 이 순간의 감정에 충실하고픈
마음도 알고 있을 거다
그래서 슬픔이 목차 올라도 꺼이꺼이 소리만 내며
슬픔을 꺼내어낼 수 없다는 것도 알고 있을 거다

슬픔을 삼키고 삼키어 단단해져
구슬과도 같아졌을 때
더 이상 또 다른 슬픔이 들어오지 않았으면 좋겠다
더 이상 슬픔의 사연으로 가슴을 쪼개고 싶지 않다

흔들리는 바람같이 슬픔도 날 리우고 싶다
마음이 평온할 수 있도록
슬픔의 자리를 없애고 싶다

최윤희 시인

지울 수 없는 자국 / 최윤희

회오리치듯 큰바람이 불고 나면
어느새 고요가 밀려오고
바람에 밀려온 많은 이야기들이
고스란히 남아있습니다

남아있는 이야기를 흘려보내려고
비라도 내리우면
빗방울 때문에 자국만 남아있습니다

시간이 흐르면
이 자국도 시간과 같이 사라질 수 있을까요
아니면 그 흔적을 안고 살아야 하나요

떠나보냈다고 생각하여도
여전히 남아있는 빗방울의 흔적들
지워지지 않고
내 안에 낙인 되어 남아있습니다

춤추는 눈물 / 최윤희

꽃잎 하나하나 떨어질 때마다
마른 가지에 벗은 몸 드러나고
벗은 몸 수치스러워 가리고 싶어도
가을바람에 낙엽조차 쌓이지 않네

너무나 춥네
가려줄 만한 것이 없네
바람에 흩날리는 낙엽에 부딪혀
상처만 생기네
참 불쌍하네
울음소리 내어 울고 싶어도
낙엽 흩날리는 소리에 묻혀
눈물조차 바람에 춤만 추네

♣ 목차

♫ 시낭송 QR 코드

제 목 : 꽃 중의 꽃
시낭송 : 박순애

프로필

전북 순창 출생
서울 광진구 거주

대한문학세계17 신인문학상수상
대한문인협회 서울인천지회 정회원
한국문학 겨울호 초대시인

열린 동해문학17 신인 문학상 수상
열린 동해문학 정회원
열린 동해문학 작가

공감 예술 문학 본상 수상
공감 예술 문학 정회원
공감 예술 문학 작가

〈동인지〉
대한문인협회 서울인천지회 들꽃처럼 3집
한국 신춘문예 여름호
한국 신춘문예 가을호
공감 예술 문학 다수

〈공동저서〉
1. 봄이 오는 길목
2. 당신의 마음이 머문 자리
3. 옹기종기 다락방
4. 하늘이 숨쉬는곳
5. 아름드리 핀 언덕
6. 하늘꽃이 피는 날

슬픈 이별 / 최정원

하얀 목련이 피고
버들강아지 피어오를 때
그리운 임은 그렇게 가셨습니다

사랑하는 아들딸 가족들의
슬픔의 눈물도 뒤로한 채
애처로운 눈빛으로 바라만 보다
임은 그렇게 떠나가셨습니다

온 산에 벚꽃이 만발하고
진달래꽃이 활짝 핀 5월의 봄에
하늘도 아닌 빈 천정만 바라보시다
화려한 꽃 한 송이 못 보고
임은 그렇게 떠나가셨습니다

들판에 아지랑이 피어오르고
따사로운 햇살 푸른 잎이 덮이고
유채꽃과 나비들이 춤을 추던
그 따뜻한 봄날에 임은
말없이 그렇게 가셨습니다

산새들의 슬픈 노랫소리
짝을 잃은 어미의 한 많은 통곡 소리
슬픈 가지에 눈물 영글어
뚝뚝 떨어지던 날
임은 그렇게 떠나가셨습니다

여울진 내 가슴에 멍울 남긴 채
눈물만 흘러내립니다

최정원 시인

행복한 봄소식 / 최정원

행복해서 즐겁고
즐거워서 행복합니다
어머니 함박웃음 상쾌한 목소리
봄소식에 전해오니 이보다 좋을쏘냐

행복이 무엇이고
즐거움이 무엇인지
내 가슴속에 꽃이 피었습니다
우물가에 민들레 바람에 흔들거리고

나비들의 살랑살랑
봄소식에 내 마음도 꽃이 피고
아지랑이 피어오르는 산들바람
골짜기 언덕 위에 매화꽃이 피었습니다

시냇가에 웅덩이
개구리 폴짝폴짝 뛰어오르고
버들가지 물오르고 새싹 피어오르거든
고운 임 아가 손잡고 봄나들이나 갈까 합니다

겨울 나그네 / 최정원

인적도 없는 그곳에
차가운 바람만이 친구인 듯
그 자리에 서서
쓸쓸함이 그대 마음을 흔들어 놓는다

내 마음은 늘어진 나뭇가지처럼
허공에서 떨고
고단한 나에 몸놀림은
비에 젖은 낙엽처럼 무겁다

힘들고 고달픈 나그네
하늘에 구름처럼 훌훌 떠나고 싶다

아무도 봐주는 이 없는 황량한 그곳에
허기진 모습으로
어디론가 또다시 떠나려
한 걸음 한 걸음 걷는다

하얗게 걸린 달빛 그림자
흔적 없이 지워가며
아픔도 허전함도 모두 다 안고
바람 부는 대로
푸른 벌판 강을 건너
난 오늘도 떠나가려다

최정원 시인

꽃 중의 꽃 / 최정원

그대 웃는 모습
꽃잎에 미소라 하겠어요
그대는 꽃잎에 꽃잎을 머금은
꽃 중의 꽃이랍니다

사랑하면
모든 게 예뻐 보인다 하지만
내가 사랑하기 전부터
그대는 꽃 중의 꽃이랍니다

장미가 예쁘다지만
내 눈엔 가시 꽃인 걸요
양귀비가 예쁘다지만
향기 없는 그녀도
당신만은 못하답니다

바람에 살랑이는 그대 모습
눈이 부시게 아름다워
쳐다만 봐도 가슴이 두근두근
두 눈에 연분홍 하트가 반짝거리는
꽃 중의 꽃이랍니다

조계사 뜰 안에서 / 최정원

국화꽃 향기
도심 속 불도의 도량인가
일주문 들어서니
산사에 거닐듯
갈대숲 길 따라 걷노라니

국화꽃 향기에 취하고
화려한 꽃잎에 취하노라
석가탑 사이로 불어오는 바람
도심의 향기 묻어나고

대웅전 뜰 안에 백일홍
붉게 물들던 시절이 가고
처마 밑 목어의 유영 속에
풍경 소리의 잔잔함
해탈의 번뇌인가

한가로운 참새의 지저귐
목탁 소리에 젖어 들고
피어오르는 향초의 촛불은
바람을 타고 경례를 돌고 돌아
중생의 도심을 떠돌려 하네

최정원 시인

투박한 농부의 손 / 최정원

투박하고 거친 손
마디마디 굴곡진 깊은 계곡
흙 때 묻은 거친 손끝에 검은 손톱
힘들게 살아가는 어머니 아버지의 모습

흔들리는 나뭇가지 사이로
봄이 오면 외양간 누렁이 앞세우고
쟁기 지고 호미 들고 찬바람 가지 않은
들판으로 나가 풀을 뽑고 밭고랑
쟁기질을 하고 씨를 뿌리신다

아지랑이 피어오르는 뜨거운 여름
굵은 땀방울로 목욕을 하고
흙 때 묻은 거친 손등으로
이마에 흐르는 땀방울을 씻어 내리고
밭고랑 언덕배기 그늘에 앉아
시원한 막걸리 한 사발 흔들어 목을 축인다

푸르른 하늘에 하얀 뭉게구름은
게으름 피우듯 한가로이
앞산 너머로 흘러가고
거친 손마디 투박한 손등에 아버지는
담배 한 개비 입에 물고 뿌연 연기에
오늘의 힘겨움도 모두 실어 날려 보내리

풍경 소리 / 최정원

산사에 들려오는 종소리
내 마음을 붙들어 놓는다
깊은 산속 조용한 산사에 풍경 소리

하얀 뭉게구름
바람에 실려 어디론가 떠나가고
스님의 목탁 소리는 점점 커져만 간다

산사에 불어오는 바람 소리 새소리
다람쥐 도토리 잎에 물고
돌 틈 사이로 내닫고
참나무는 마지막 이파리를 떨군다

밤하늘에 별빛 영롱한 우주에 신비
달빛에 가린 산사에 석탑
대웅전에 석가 연못에 비단잉어는
별빛을 보고 있을까

푸른 하늘에
헤엄쳐 갈 것 같은 처마 밑 잉어는
바람에 휘날리는 풍경 소리에
내려올 줄 모르나 보다

바람이 전하는 말 / 최정원

깊은 골짜기 새벽이슬
방울방울 맺은 작은 잎새 하나
또르르 굴러 내려와
개울가 골짜기
도롱뇽 개구리 살던 곳

목마른 꽃사슴
개울가에 고개 묻고
흔들리는 나뭇가지 잎새는
어디로 갔을까
밤하늘에 별빛처럼 반짝이는 눈동자
달그림자 구름 뒤에 숨어버렸다

흔들리는 갈대
푸르던 옷 벗어 던지고
가을이 가고 겨울이 와도
그 자리 그곳에서
영혼을 잃은 듯
바람에 의지한 채
흔들리며 바람에 노예가 되었다

어머님의 꽃 수선화 / 최정원

어머님의
사랑으로 꽃이 피었습니다
메마른 담장 아래 노란 수선화
예쁘고 사랑스러운 꽃이 피었습니다

사랑으로 꽃피운 노란 수선화
아름다운 사랑의 꽃이었습니다
하늘에 뜻에 따라 먼 길 떠날지라도
어미 마음을 두고 가려

메마른 땅 위에 물을 뿌려 꽃을 심고
돌담길 아래 꽃을 피웠습니다
어미가 떠나고 없을지라도

생각나면 그곳에 오라고 꽃을 보라고
어머님은 노란 수선화 꽃을 피웠습니다
사랑스러운 어머님의 꽃
나 지금 어머님의 꽃길을 걸으렵니다

최정원 시인

슬픈 사랑하지 않을래 / 최정원

사랑은 눈물인가요
뜨거웠던 사랑은
저 멀리 떠나가고
슬픈 노랫소리만 들려요

사랑 때문에 고인 눈물
또 다른 사랑이
말려준다 하여도
슬픈 사랑은 싫어요

비 오는 날에 이별은
내 가슴을 더 아프게 해
쏟아지는 빗물처럼
내 눈에 눈물이 흘러내려

사랑은 소리 없이 왔다가
바람처럼 사라져버렸어요
그런 슬픈 사랑은 싫어요

뜨거운 사랑이
또다시 찾아온다 해도
나 그런 슬픈 사랑은
이제 하지 않을래

시인 홍성길 편

♣ 목차
1. 그대 내 곁에 있음에
2. 그대 생각
3. 그대의 향기
4. 내 그리움
5. 당신은 어느새
6. 비련(悲戀)
7. 진달래 처녀
8. 참, 좋다
9. 햇살, 바람 그리고 사랑
10. 행복을 주는 사람

🎵 시낭송 QR 코드
제 목 : 비련(悲戀)
시낭송 : 박태임

프로필

농부 시인
대한문학세계 시 부문 등단
(사)창작문학예술인협의회 회원
대한문인협회 경기지회 기획국장
한국문인협회 화성지회 회원
화성문화원 향토문화연구소 연구위원
화성 양감사랑(연호지) 편집위원

〈수상〉
2016 한 줄 시 짓기 전국 공모전 장려상
2016 8월 금주의 시 선정 (고추밭 연가)
2016 향토문학상

2016~2017 특별초대 시인 시화전 선정
2017 한국문인협회
(시의 언어로 세상을 그리다) 시화전 선정
2017 순 우리말 글짓기
　　　　　전국 공모전 장려상
2018 명인명시 특선시인선 선정

〈공저〉
대한문인협회 경기지회 동인문집
　　　　　〈햇살 드는 창〉

홍성길 시인

그대 내 곁에 있음에 / 홍성길

그대 내 곁에 있음에
내 작은 가슴
비 오는 날에도
찬란한 햇살 떠오릅니다

그대 내 곁에 있음에
내 작은 두 눈
어둠이 찾아와도
영롱한 빛으로 타오릅니다

그대 내 곁에 있음에
내 작은 두 손
넘어져 피멍 들어도
훌훌 털고 다시 일어섭니다

그대 내 곁에 있음에
내 초라한 모습
낯선 곳 홀로 가는 이방인 되더라도
외로움 등에 지고 가더라도
하얀 미소 지울 수 있습니다

그대 내 곁에 있음에
그대 향한 참사랑 내 속에 있음에
산이 막고
물이 앞을 막아서더라도
언제나 매일같이

같이 살아 입 맞추고
같이 살아 호흡하고
영원히 함께할 겁니다

그대 내 곁에 있음에
매일 그대 앞에
나는
작은 동산이 되고,
매일 내 앞에
그대는
작은 별이 됩니다.

그대 생각 / 홍성길

그대 생각에 가끔은
눈물짓지만
슬퍼하거나 미워하지 않겠습니다

모락모락 피어오르는
그대와의 진한 추억에
입가엔 연한 미소 머금고
눈물은 은빛 꽃가루 되어 날아가기에

그대 생각에 때로는
그리움의 늪에 빠져도
슬퍼하거나 미워하지 않겠습니다

아른아른 떠오르는
그대와의 고운 사랑에
외로움은 흐르다 별빛에 잠들고
그리움이 깊을수록 사랑은 깊어만 가기에.

홍성길 시인

그대의 향기 / 홍성길

달무리 잿빛 구름 속에 숨어들어도
그대의 향기가 있어
은은한 사랑 빛에 향긋한 세상이네요

세파에 밀려 허허벌판에 내몰려도
그대의 향기가 있어
몰려오는 외로움도 친구가 되네요

때로는 그대의 향기에 취해
몇 날 며칠을 어둠 속에 갇혀서
까만 밤을 하얗게 지새우며
가슴은 피멍이 들겠지만

그대의 향기가 배여 있어
민둥산인 내 마음 그 속에도
사랑 꽃은 피고
사랑 열매 탐스럽게 익어가네요

세월의 징검다리를 하나둘 건널 때마다
지친 목마름에 힘겨운 세상을 만나도
그대의 향기 때문에
입가엔 연한 미소 머무르고
한 발 한 발 내디뎌 갈 수 있네요.

내 그리움 / 홍성길

서쪽 하늘 멀리 저 너머로
붉게 타오르던 노을이 지면
애써 기다리지 않아도
넌 내게로 온다

별빛 나부시 내린 창가에 앉아
고(孤)한 눈물 수놓는 나를
시린 눈빛으로 보듬으며
넌 내 곁에 머문다

달빛도 잠들고
보랏빛 사랑의 향기에 취해
그대를 그리던
내 곁에 머물던
내 그리움이 떠나면

밤새 피어난 사랑의 여운
가슴에 가득 안고
다시 날아가리오
사랑스런 그대의 품으로
내 그리움을 따라서.

당신은 어느새 / 홍성길

수없이 많은
해와 달을 만나 봐도
당신 같은 사람 없더이다

그냥 옆에
있어 주는 것만으로도
마음이 편안해지고

굽이굽이
산과 들을 돌고 돌아봐도
당신 같은 사람 없더이다

그냥 곁에
있다는 생각만으로도
마음의 위안이 되고

당신은 어느새
내 마음을 밝히는 십자성이 되고
내 마음을 울리는 종달새가 되고

나를 뜨겁게 뜨겁게
암팡지게 살게 하는
마음의 등불이 되고

당신은 어느새
메마른 내 마음의 대지에
촉촉이 스며드는 봄비처럼
내 삶의 일부가 되었습니다.

비련(悲戀) / 홍성길

칼날에 베인 살갗을
파고드는 고통처럼
적막함에 묻혀 가는
겨울의 빈 뜰에 서면
가슴을 에는 그리움에
내가 젖는다
내 마음이 운다

거적때기에 몸을 덮어도
낙엽 덤불에 몸을 묻어도
밀물처럼 몰려오는 그리움에
목메인 눈물은
시린 가슴을 적시고
고요함에 잠든 겨울 숲
그 텅 빈 자락에
나를 뉘운다

모두 떠나고 홀로 남은
앙상한 나뭇가지 사이로
잿빛 구름을 모는
한가락 바람 소리에도
내 가슴은 피멍이 들고

횃불처럼 타오르는
너를 향한 애타는 그리움에
마를 길 없는 뜨거운 눈물에
내가 젖는다
내 가슴이 운다.

홍성길 시인

진달래 처녀 / 홍성길

연분홍 치마저고리에
하이얀 옷고름 맺으려고
인고의 세월을
묵묵히 견디어 왔는가

엄동설한 북새 바람도 이겨내고
춘삼월의 꽃샘추위도 참아내고
발자국 디디는 길섶마다
고운 자태 출렁이는 진달래 처녀

진분홍 날갯짓에
하이얀 옷고름 입에 물고
길 지나는 나그네의 감탄사에
덩더꿍 흥에 겨운 춤사위가 절로일세

가신 임을 기다리는 그리움의 눈물인가
고운 임을 맞이하는 반가움의 눈물인가
발자국 디디는 들녘마다
선한 봄바람에 진분홍 꽃물을 들이네.

참, 좋다 / 홍성길

참, 좋다
네가 곁에 있다는 것만으로도
혼자라는 생각에 깃든 외로움은
그리움의 꽃으로 피어나고
그리움은 꽃물 들어 눈물로 흘러도

참, 좋다
네가 내 곁에 있어서

참, 좋다
네가 옆에 있다는 것만으로도
혼자라는 생각에 물든 외로움은
쪽빛 하늘 구름 속에 숨어들고
우리라는 사랑에 기댈 수 있어서

참, 좋다
네가 내 옆에 있어서.

홍성길 시인

햇살, 바람 그리고 사랑 / 홍성길

당신은 햇살
햇살입니다
어느 곳 어느 하늘 아래
살아 숨 쉬어도
내 머리맡에 내려앉아
따사로운 기운 심어주는
당신은 영롱한 햇살입니다

당신은 바람
바람입니다
어느 곳 어느 하늘 아래
우뚝 서 있어도
내 옷깃 새로 스며들어
감미로운 전율로 감싸주는
당신은 포근한 바람입니다

당신은 사랑
사랑입니다
동이 트고 달이 지나도
온새미로
내 맘을 온통 사로잡아
살뜰한 생각 좋은 꿈만 꾸게 하는
당신은 지극한 사랑입니다

당신은 햇살이요
당신은 바람이요
지극한 사랑이어서
잠시 떨어져 있어도
당신은 늘
내 가슴 속에만 살아
함께 호흡하고 함께 거닐며
같은 하늘 아래 살아갑니다.

행복을 주는 사람 / 홍성길

기쁠 때나 슬플 때나
밀물처럼 잠겨오는
낯선 그리움에 잠 못 이룰 때도
별빛에 쏟아지는 추억을
가슴으로 맞으며
흥에 겨운 콧노래
부를 수 있는 것은
당신 때문입니다.

힘들 때나 괴로울 때나
썰물처럼 빠져가는
텅 빈 외로움에 잠 못 이룰 때도
달빛에 숨어드는 사랑을
가슴으로 새기며
연한 미소 눈웃음
지을 수 있는 것은
당신 때문입니다.

언제나 어디서나
수수한 별빛이 되고
따스한 달빛이 되어
내 곁을 맴돌아
위안이 되어주는 당신은
참, 고마운 사람입니다

당신은 진정으로
행복을 주는 사람이어서
내 생이 다하는 그 날이 와도
영원히 사랑할 수밖에 없는
참, 고마운 사람입니다.

시인 **홍진숙** 편

🎵 시낭송 QR 코드
제　목 : 어쩔 수 없이
시낭송 : 최명자

홍진숙 시집
"천천히 오랫동안"

프로필

서울 성북구 거주
대한문학세계 시 부문 등단
(사)창작문학예술인협의회 회원
대한문인협회 서울인천지회 정회원
한국문인협회 정회원
문예창작지도자 자격증 취득
2016. 10월 이달의 시인 선정
2017. 명인명시 특선시인선 선정

〈공저 및 동인지〉
누구에게나 처음은 있다
우리들의 여백

들꽃처럼 제2집
들꽃처럼 제3집
한국문인작가 창간호

〈저서〉
시집 "천천히 오랫동안"

어쩔 수 없이 / 홍진숙

두물머리 강가에 서면
이루지 못한 우리의 사랑을 생각한다
때마침 피어오르던 물안개처럼
물기 젖어 있던 너의 눈가를 생각한다
강물은 변함없이 흐르고
일어서다 넘어지던 몇 번의 우리 마음처럼
바람에 넘어졌다 다시 일어서는
꽃대 마른 연 줄기 쓸쓸한 뒷덜미처럼
미처 보내주지 못한 너에게 닿지 못한 이야기
그 텅 빈 휘청임을 위해 난 이제 울 수도 없어 슬프지만
너의 기억들을 가두고 내 안에서 서걱일 수 있다면
오랫동안 슬퍼도 좋겠다

홍진숙 시인

당신은 내게 있어 / 홍진숙

나지막한 목소리로
아침 인사 건네는
잠긴 목소리조차 멋있는 당신이고
마음결이 곱고
함께 한다는 단어의 뜻을
그 단어가 나타내는 속내의 깊이를
눈빛으로 느끼게 해주는 당신이고
동행의 의미를 그 몫을
말없이 지키고 있는 또한 당신이다
꾸베씨의 행복한 여행 표지 그림처럼
하늘을 나는 자전거를 타고
마음껏 여행하고 싶은
그런 사람이고
노을의 잔영 뒤 그림자처럼
곁에 있어도 그리워지는 그런 사람이다

지우지 못한 풍경 / 홍진숙

아직 지우지 못한 풍경
그 길목에 오늘도 나는 서 있어
가까이 또는 먼 거리에 있는
그대 발걸음 소리
처음 내게로 왔던 그 길목에서
풍경으로 흔들리고 있는 그대

홍진숙 시인

정동길 르플 카페에서 / 홍진숙

해 질 녘 끝자락 붙들고
약속처럼 머물던 곳
충분히 따듯했던 공간
그랬지
더욱 가까워지기 위해
우린 늘 거기에 있었고
사랑을 마시는 동안
계절도 잊었었지

부패할 수 없는 중독성 / 홍진숙

불면증이 깊어갈수록
푸른 알약을 먹는 횟수가 늘어
어느새 푸른 물고기가 되어 버렸어
절대 빠져나갈 수 없는
나를 가두고 있던 너의 바다
안쓰러운 섬 하나
이것을 무엇이라고 해야 할까

홍진숙 시인

침잠 / 홍진숙

그대 생각에 갇혀 있었지만
말할 수 없었어
침묵 같은 미로의 문을 하나씩 열 때마다
그대 생각 부피들이 줄어들까
끊임없이 빠져나오고 싶어 달아났지만
어긋나고 어긋나
끝내 맞출 수 없던 퍼즐처럼
지독한 애증으로 서 있는
그대 생각에
점점 더 깊이 가라 앉을 뿐

저만치 떠도는 우리 / 홍진숙

그리운 사람이 있습니다
푸른 하늘 가득
깊어지는 그리움
툭툭 터질 듯
무심히 꽃들이 피어나면
언젠가 만나야 할 그 사람입니다

홍진숙 시인

H역에서 / 홍진숙

저녁 안개 밟으며
역전 다리를 건너올 거 같은
너를 기다린다
더는 다가갈 수 없어 많은 날 밤새 혼자 걸어 다녔을
너에게 전하지 못한 말들
이제는 데리고 집으로 가고 싶다
너를 갖기 위해 나를 버린다
오만의 허물을 벗는다
집으로 돌아갈 길들을 밝히고
서 있는 가로등처럼
더는 외롭게 서 있지 말자
이별도 쉽지 않음을
네가 올 거 같아 기다리는 동안
무수히 떠났던 기차를 홀로 서서
이제는 보내고 싶지 않음이다

때로는 가끔 / 홍진숙

인도풍 다르질링 홍차 냄새가
유독 짙었던 그 찻집이 있는 길목에서
가끔은 예기치 않게 너와 마주치게 된다면
어느 해 봄에서 여름으로 가는 동안
우린 많이 행복했지만
이제는 너와 나 더는 우리가 아닌 까닭에
따듯하지 않은 불빛
따듯하지 않은 거리에 서서
기댈 곳 없는 쓸쓸해진 기억들이
아직은 낯익은 골목 어귀 기웃거릴 때
어디선가 한 번쯤
나와 나 예기치 않게 마주치게 된다면

홍진숙 시인

바람으로 존재하는 / 홍진숙

너를 생각하는 건

바람이 되는 것

하루에도 몇 번씩 바람이 되어

내 곁에 머물다 돌아가곤 해

견딜 만큼

바람으로 왔다 바람으로 가버리는 까닭에

만져볼 수 없는 너의 몸

흔적이 없기에 아프지도 않은 우리의 사랑

가끔은 만져보고 싶어 손 내밀어 보지만

손가락 사이로 빠져 달아나 어디에도 보이지 않지

나의 숨결 닿을 수 없는 먼 하늘가

허기진 그리움 되어 흔들리고 있는

끝내 도달할 수 없는 너의 심장에

조금 더 가까이 다가가는 건

나도 바람이 되는 것

시인 **황유성** 편

♣ 목차

♪ 시낭송 QR 코드
제 목 : 가을밤
시낭송 : 김락호

프로필

대한문학세계 시 부문 등단
(사)창작문학예술인협의회 회원
대한문인협회 서울인천지회 사무국장
(주)유성 대표이사

〈수상〉
2016년 7월 금주의 시 선정
2016년 9월 순우리말 글짓기 공모전 동상
2016년, 2017년 현대시를 대표하는 명인명시 특선시인선 선정
2016년 12월 대한문인협회 올해의 시인상

〈공저〉
명인명시 특선시인선 / 들꽃처럼 3집 / 어울림

황유성 시인

금은화의 사랑 / 황유성

운명처럼 찾아온 사랑의
질긴 밧줄에 묶이어
둘이 한 몸이 되었다

여자이면서
여자의 길을 걷지 못하는
모순적 사랑이여

설한풍을 뚫고 병든 반쪽에게
피 같은 사랑으로 자양분을 공급하며
꽃피워내기까지
제 몸 상한 줄을 몰랐구나

얼마나 고통을 견뎌내야 봄이 올까
한 서린 깊은숨
헌신하고 인내했던 세월만큼이나
곱게 핀 금은화여

사랑은 아파도 아름답고
사랑은 무거워도 아름다운 짐
사랑으로 피었다가 사랑으로 질지어다

중도(中道)를 걷다 / 황유성

영육이 합일된 인간은
정신만 추구하면 빈하고
물질만 추구하면 천하다

금슬의 줄은
너무 팽팽하면 탁하고
너무 느슨하면 약하다

알맞은 긴장이
맑고 고운 소리를 만드나니
인간의 정신과 물질의 조화가
금슬의 조화와 같아라

영육 간의 조화로운 삶으로
우주의 메아리를 아름답게 해주는
언어 천사여

푸른 바다를 향해
강변 사이를 유유히 흐르는
사랑의 강물이 되어라

황유성 시인

고난의 의미 / 황유성

밤은 깊어가고 비는 계속 내리는데
지난 많은 날들 삶이 버거워
흘린 눈물이 솟아나는 외로움 되어
그대를 슬프게 하나요

지친 자신을 위로해주세요
살아온 세월이 눈물겹도록 힘들었을지라도
추억의 창으로 들여다보면
모든 것이 따뜻하고 아름답습니다

고난은 축복입니다
활활 타오르는 불구덩이 속에서
허우적거리며 살이 녹는 고통을 겪었기에
시원한 바람에 가을이 옴을 알고
감사와 행복의 길을 걷게 됩니다

고난은 특권입니다
나무도 모진 비바람을 견뎌내고
달콤하고 풍요로운 열매를 맺으며
연꽃도 더럽고 습한 진흙에
온몸을 담그고 곱게 피어납니다

허공에서는
꽃을 피울 수 없습니다

난타공연 / 황유성

절망을 난타하라
한계를 부수어라

망중한에 만난 퓨전난타공연
삶을 휘감고 있는 긴장의 끈을 풀고
시혼을 일깨우는 리듬과 비트
멋 겨운 퍼포먼스와 함께 호흡하면서
무아경에 빠져든다

둥둥 따다다닥
지축을 흔드는 난타 소리
한이 부서지는 소리
우주 밖으로 튀어나가는
고뇌의 파편 파편들

통쾌한 카타르시스로
막혔던 혈관이 뚫리고
삼백예순날 앓던 꿈이
다시 힘차게 박동한다

이제 새로운 인생의 화려한 서막이 올랐으니
희극 무대의 주인공 되어
인생 역전 드라마를
멋지게 펼쳐나가야 하지 않겠는가

황유성 시인

N서울타워 불빛 / 황유성

해 질 녘
만단 시름 벗어던지고
글벗들과 남산 케이블카에 올라
눈앞에 펼쳐진 그림 같은 풍경에
마음을 빼앗겨버리고
남산의 단풍잎은 큐피드 화살을 맞아
얼굴 붉히다 꽃이 되었다

추억이 넘실거리는
N서울타워 광장에 내려
마음 벗들과 찰칵찰칵 사랑을 찍으며
화톳불을 지피니
가을을 훑던 차가운 소슬바람이
저만치 달아나 버린다

우주선을 타고
하늘 위 전망대에 올라서자
서울 전역에 화려한 조명등이 켜지고
서울역 거리에서 노숙하던 꿈들이
불빛 타고 올라와 맘하늘에
곱게 수를 놓는다

N서울타워
화려함 속에 숨겨진 이야기를
심부에 들어가서야 알았다
서울의 밤을 밝혀주는 무지개색 불빛은
공기 오염도를 온몸으로 알려주는
경고 메시지였음을

거자필반 (去者必返) / 황유성

시간이 지나면 모든 것들이
기억 속에서 잊히지만
세월이 흐르고 또 흘러도
잊히지 않는 사람이 있습니다
그 사람은 바로 당신입니다

붉은 석양은 창연한 그리움을
주렁주렁 매단 채 서산마루에 쓰러지고
아삼아삼 걸어가는 기억 저편에서
당신과 함께 듣던 음악이
추억을 보듬어 안고 흘러나오면
가슴에 인각된 정이
서러운 눈물로 흘러내립니다

기다림에 지쳐 시드는 꽃잎은
내년이면 다시 곱게 피어나듯
지금의 눈물은 훗날에
행복한 웃음의 씨앗이 되리라 믿으며
나의 하루는 만남을 위해
준비하는 시간들입니다

그리운 사람이여
뜨거운 여름 태양 아래에서도
함께 했던 봄날의 추억을
잊지 말기로 해요
다시 만날 때까지
인연의 끈 놓지 않겠습니다

황유성 시인

불멸의 사랑 / 황유성

그대를 알면 알수록
점점 짙어져만 가는 그리움
그대의 이름만 불러봐도
눈물이 고여

그대가 어떤 위치에
어떤 모습으로 있든
그대의 반짝이는 영혼을
사랑하기에

잠시 머물다 갈
사랑이 아닌
평생 가슴에 아로새겨질
불멸의 사랑

사랑의 실천 / 황유성

보라
외롭고 소외된 사람에겐
물질보다는 따뜻한 말 한마디가
오래 굶주린 사람에겐
율법보다는 따뜻한 밥 한 그릇이
찬 겨울에 헐벗은 사람에겐
위로보다는 따뜻한 옷 한 벌이
생명과도 같다는 것을

기억하라
지극히 작은 티끌로
천지만물을 창조하였고
보리떡 다섯 개와 물고기 두 마리가
오천 명을 배불리 먹이는
큰 기적을 일으킨 것처럼
사랑은 언제나
사소한 것에서부터 시작됨을

황유성 시인

두물머리 연가 / 황유성

임 그리워
홀로 지새운 밤 며칠이던가
저민 가슴으로 임을 정녕 만나는가
그리움이 먼저 와서 울다 울다간
눈물 젖은 강은 붉게 타오르고

임 보고파
삶의 풍랑에 이리저리 부딪히며
멀고 긴 외오리 길 굽이굽이 달려와
임의 품에 안기어 울음보 터뜨리네

일모 저물고
은빛실 곱게 드리우면
임의 뜨거운 입맞춤에 온몸 달아올라
격정적 사랑에 하나 된 자리
갈대 넘어지고 가마우지 왜드네

간밤 열기로 불 밝힌
휘황한 샹들리에 창천에 걸리고
둘이 손잡고 걸어가는 길
400년 소원나무 축사 울려 퍼지면
황포돛배 돛을 올려 새 출발을 알리네

오! 임이여
시름을 보태지 마오
내 지친 영혼을 쉬게 해주오

가을밤 / 황유성

까닭 없이 외로운 날
일터에서 분주히 두들기던 자판 밀어 넣고
화려한 가로등 불빛으로
허기진 가슴을 채우며 밤길을 걷는다.

현란한 음악이 춤을 추는 거리를
벗어나 한적한 개천가에 앉아
별빛 가득한 하늘을 무심히 바라보면
둥근 달이 마음 깊이 스며든다.

흐르는 개천물의 나직한 노래
그리운 사람아
눈빛 한번 부딪힘으로 시작되어
형체를 알 수 없는 상태로 머물다 간
슬픈 사랑아
온 산을 붉게 뒤덮은 그리움에
작은 풀벌레 소리에도 흠씬 젖는다.

쓸쓸한 달밤의 애달픈 정취에
서러운 소리로 울던 가을바람이
텅 빈 산책로에 쭈그리고 앉은
초라한 영혼의 옷자락만 날리며 지나간다.

후원 : (사)창작문학예술인협의회 / 대한문인협회 / 대한시낭송가협회

2018 현대시를 대표하는

名人 名詩 특선시인선

(사)창작문학예술인협의회가 추천하는 대표시인

* 지은 이 : 김락호 외 48인

　　강사랑 강순옥 구분옥 국순정 김강좌 김민지 김상훈 김선목 김승택 김영주
　　김이진 김태윤 김혜정 김희선 김희영 박순애 박영애 박외도 박진표 박희자
　　박희홍 백설부 성경자 안선희 오석주 오승한 유석희 윤춘순 이광섭 이민숙
　　이서연 이옥순 이은석 임미숙 임재화 장계숙 장병태 정상화 정찬경 정찬열
　　조미경 천준집 최우서 최윤희 최정원 홍성길 홍진숙 황유성

* 펴 낸 곳 : 시사랑음악사랑
* 발 행 인 : 김락호
* 디 자 인 : 이은희
* 편　　　집 : 박영애 이은희
* 표지그림 디자인 : 김락호
* 초판 1쇄 : 2017년 12월 16일

* 주　　　소 : 대전광역시 중구 목중로 26번길 45 311호(중촌동,중도쇼핑)
* 연 락 처 : 1899-1341

* 홈페이지 주소 : http://www.poemmusic.net
* E-mail : poemarts@hanmail.net

정가 / 22,000원
ISBN 979-11-83673-96-5　　　03800